O que acontece longe dos meus olhos

Grazy Nazario

O que acontece longe dos meus olhos

Copyright © 2023 Grazy Nazario
O que acontece longe dos meus olhos © Editora Reformatório

Editor:
Marcelo Nocelli

Revisão:
Natália Souza

Imagens da capa:
Foto de Pawel Czerwinski na Unsplash

Design e editoração eletrônica:
Karina Tenório

Dados Internacionais de Catalogação na Publicação (CIP)
Bibliotecária Juliana Farias Motta CRB7/5880

Nazario, Grazy
 O que acontece longe dos meus olhos / Grazy Nazario. —
São Paulo: Reformatório, 2023.
210 p.: 14x21cm

 ISBN: 978-65-88091-75-3

 1. Romance brasileiro. I. Título.
N335q   CDD B869.3

Índice para catálogo sistemático:
1. Romance brasileiro

Todos os direitos desta edição reservados à:

Editora Reformatório
www.reformatorio.com.br

O conhecimento sem amor são apenas palavras, substantivos sem direção ou significados. É o sentimento que movimenta a maneira como administramos saberes e decisões, e é o que fará diferença, seja para a sua própria vida, seja para toda a humanidade.

Eu corria desesperadamente pelo corredor escuro, aos poucos, senti meus pés flutuarem, longe do chão a sensação era de total domínio. Diminuí a velocidade até que parei em um lugar mais claro, era uma porta entreaberta com a fresta que clareava o corredor. Eu vi meu pai.

Acordei num solavanco. Minha respiração estava ofegante, tentava controlar os batimentos frenéticos do meu coração. Empurrei os livros que me rodeavam na cama e desliguei o despertador que gritava feito um louco com um barulho irritante.

Sem filtrar meus pensamentos percebi minha mente sendo engolida por perguntas já adormecidas em mim. Nunca gostei de pensar em situações passadas, muito menos envolvendo sentimentos. Mas o sonho com meu pai me intrigou, senti sua falta ao mesmo tempo em que não entendi aquele seu olhar no sonho.

No início da noite eu estava quase pronta, era o dia mais esperado dos últimos tempos, o lançamento da minha teoria acadêmica e as tão faladas premiações. Estava ansiosa, trajando o único vestido de festa apresentável que tinha em meu guarda-roupas. O vestido preto com alguns detalhes em brilhantes e um discreto decote, perfeito para a ocasião. Sophia havia me presenteado alguns anos antes, e eu tinha usado apenas duas vezes. Claro que Sophia ficaria linda nele com seus cabelos dourados, mas os meus curtos, castanhos e ondulados não ficaram nada mal. Logo terminei a maquiagem e estava pronta para a noite ilustre.

Em poucos minutos Ricardo batia em minha porta, bem arrumado como sempre, usava um alinhado terno escuro e trazia uma bela rosa vermelha, seus cabelos grisalhos estavam bem penteados e os sapatos impecáveis. Lembrei-me do meu pai no mesmo instante e meus olhos quase lacrimejaram, mas me mantive forte.

— Olá minha linda está pronta? — Ele disse enquanto entregou-me a flor.

— Sim, estou pronta. Mas confesso que nervosa.

— Você lutou muito por isso, merece todas as glórias!

— Nós dois conseguimos, nada disso seria real se você não existisse, se não apostasse em mim, e não acreditasse no meu potencial.

— Você é gentil minha querida, muito gentil. Posso até ter ajudado, mas sem o seu trabalho nada estaria acontecendo. Sabe que pode contar comigo. Mas vamos, ou chegaremos atrasados no seu lançamento. O Reitor Sanches ficará furioso se formos os responsáveis pelos atrasos dos protocolos.

Ao chegar na porta da Universidade me senti em Hollywood em dia de premiação do Oscar. Havia muitos fotógrafos na frente do lugar, a entrada era iluminada, e ampla. Olhei aquele cenário e agradeci por Sophia adorar brilhos, mesmo não sendo os meus preferidos a ocasião pedia algo que iluminasse.

Olhei curiosa de dentro do carro, não entendi porque tanta frescura para estudantes ganhadores de um festival interno de publicações acadêmicas, era no mínimo um exagero.

— Não entendo por que tudo isso para um evento tão... singelo. — Eu disse a Ricardo.

— Minha querida, você não é singela. E os seus estudos também não, como o dos outros ganhadores têm grande importância para a Universidade e para as pesquisas em geral. — Ele sorriu. — Mas você está certa, isto não é comum. O responsável por isso é um grande político, e os seus ilustres convidados.

— Você está falando do Senador?

— Sim, o Senador Gregório virá pessoalmente ao lançamento.

— Incrível! — Eu vibrei. — Espero que isto sirva de alguma ajuda para as pesquisas.

— Não pense que ele é tão bonzinho, querida. Ele está patrocinando o projeto porque no próximo ano teremos eleições, o que ele está fazendo é antecipando a sua campanha e colecionando benfeitorias para ter o que mostrar ano que vem.

Apreciei aquele momento e por alguns segundos contemplei o olhar de Ricardo, sempre tão cuidadoso. Eu me sentia corajosa e imbatível ao seu lado, e seu olhar me fazia sentir a presença do meu pai.

Ricardo me deu seu braço e atravessamos o salão como se fôssemos grandes personalidades, era o meu momento "Julia Roberts", e foi incrível. Naquele instante, entendi a tensão de ser uma Pop Star, é como se te amassem sem te conhecer, e o amor fosse algo fácil e possível apenas por você ser o que você é, e eu precisava apenas ser a Monique.

O momento mais esperado da festa aconteceu, eu ouvi o meu nome ser chamado pelo microfone:

— Monique Rangel, revelação dos estudos de física quântica.

Levantei-me em um misto de medo e satisfação. Sabia que tinha feito um bom trabalho, sabia que era a melhor da Universidade quando a assunto era cálculos e teorias sobre moléculas e tudo o que as envolvia. Em minha mente pude ver algumas luzes piscando como cálculos e fórmulas, mas esta era a fórmula da vaidade, do ego, e naquele momento eu me senti imbatível.

Após cumprimentar o Reitor fiz um discurso sucinto; agradeci a minha família, ao meu pai por me apresentar à física e seus estudos, ao Ricardo e a Universidade pelo espaço concedido. Não nego que a minha maior vontade era estapear a careca do Reitor Simões, e questionar por que ele permitia que a biblioteca fosse tão descuidada e a internet fosse a pior que poderia existir, mas pensei melhor e vi que não era um bom momento.

Depois da premiação, que se limitava em uma viagem para o país vizinho durante um fim de semana, e dinheiro suficiente para comprar novas peças de roupas, as homenagens seguiram. O discurso do Senador foi sem dúvida o mais esperado e aplaudido, as pessoas ficaram de pé para exaltar os incentivos aos estudos e as ofertas de apoio dirigidas a Universidade.

No final da cerimonia todos se cumprimentaram e antes que eu tocasse nas mãos do Senador, Ricardo aproximou-se:

— Senador Gregório está é a...

— Monique. — Ele respondeu rapidamente, e completou: — Esta jovem dispensa apresentações.

— Sim, é claro. É a melhor aluna da Universidade, eu digo sem medo. — Ricardo permaneceu ao lado do senador, e segurou minha mão.

— Imagine Ricardo. — Eu disse, enquanto senti o quente subir no meu rosto que foi ficando vermelho.

— Creio que o seu professor está certo minha jovem. E também vejo que ele não é apenas o seu professor. Estou certo?

— Não. — Eu sorri sem jeito ao responder. — Estamos juntos há dois anos.

— Eu sei minha querida, não precisa se envergonhar, eu já conheço o Ricardo há certo tempo e ele já havia comentado sobre você.

— Ah sim, claro que sim. — Eu gaguejei.

Eu não entendia porque a minha vida pessoal estava em pauta naquele momento, olhei para Ricardo e ele parecia satisfeito com a situação, o que me irritou bastante. Para a minha felicidade logo outras pessoas vieram cumprimentar o senador e eu estava livre das suas perguntas indiscretas e de seus olhares indecifráveis.

Após cumprimentar Dona Bete, também conhecida como minha mãe, que aliás estava muito linda, em seguida troquei algumas palavras com Sophia e o namorado dela. Minha irmã sempre teve uma beleza que se destacava com facilidade, e ali estava visivelmente entediada, dentro de um lindo vestido azul que destacava os seus seios e iluminava seu rosto e cabelos angelicais, definitivamente aquele não era o lugar em que minha irmã gostaria de estar naquela noite. Assim que finalizamos as formalidades Sophia acompanhou minha mãe até sua casa, e Ricardo foi comigo até o meu apartamento.

Em pouco mais de uma hora, eu já estava em meu sofá de almofadas vermelhas, enquanto Ricardo tirava os meus sapatos.

— Como é bom descalçá-los, Ricardo. — Eu sorri satisfeita em um suspiro.

— E como é bom o ângulo em que estou! — Ele sorriu ao abrir ligeiramente as minhas pernas.

— Você foi maravilhoso hoje, como sempre é.

— Você é que é meu Einstein! — Ele riu enquanto beijava os meus pés, lentamente.

— Eu estou devendo muito a você não é verdade? Fiquei distante, estudando, lendo, pesquisando, praticamente um zumbi desaparecido.

— Isso é verdade, você esteve longe, mas foi por uma boa causa, um bem maior, nós sabemos disso, eu e você, mas agora acabou.

— Na realidade começou! — Eu disse enquanto gargalhava.

— É eu sei disso. — Concordou Ricardo com um meio sorriso.

— Você viu o Reitor me intimando a prosseguir com as pesquisas, não viu? Disse que este era um assunto vital para a humanidade!

— Sim, eu vi tudo isso, mas agora quero que você acerte o que me deve.

— E o que eu te devo, professor Ricardo Prates?

— Amor... — Ele segurou firme em meu cabelo. — Você me deve muitas noites de amor.

— Está com vontade assim? — Perguntei ao encarar seus olhos claros, enquanto a minha boca tocava na sua.

— Por que, você não está? — Ele questionou um tanto decepcionado.

Olhei em seus olhos, tirei seus óculos, as poucas rugas marcavam levemente o seu rosto e o seu olhar de desejo me provocavam. Coloquei a minha língua molhada dentro da sua boca, senti meu corpo esquentar, ele correspondeu ao beijo cheio de tesão e em minutos estávamos nos acariciando no sofá. Meu corpo estava quente e ele começou a tirar minha calcinha. Depois segurou meus seios, beijou meu corpo de maneira intensa, e me deixou louca ao passar a língua na minha nuca, enquanto deslizava as mãos entre os meus seios e cintura, até deslizar as mãos pelas minhas costas, e colocá-las debaixo do meu cabelo, puxando sem muita força, mas suficiente para dobrar meu tesão.

Apesar da nossa diferença de idade, 18 anos, Ricardo mantinha um apetite sexual de causar inveja a qualquer jovem, e a noite foi perfeita.

Dois dias após a premiação a vida deveria voltar ao normal, era o que eu esperava, por isso não mudei a minha rotina, e às sete da manhã estava na biblioteca da UNIJB — Universidade José Bonifácio — o palco das últimas descobertas da minha vida. Afinal não é toda garota de 24 anos que recebe tantas premiações em física como eu havia recebido. Precisava fazer jus a minha fama, mas não eram os títulos que me fascinavam, o que eu queria era descobrir novas fórmulas e realizar novos testes.

— O que faz por aqui tão cedo, senhora Átomo! — Perguntou Ricardo me surpreendendo na biblioteca.

— Engraçadinho... — Eu respondi enquanto tirava os óculos de estudo — Estudando é logico! Ainda tenho algumas questões sobre aquela fórmula que não entrou no projeto, lembra?

— Sim, a que está em dúvida quanto a relatividade? — Ele respondeu prontamente, e sentou à minha frente.

— Esta mesmo!

— Pensei que a nossa noite tinha sido incrível. — Ele disse em tom pretencioso, enquanto me encarava.

— E foi bobo, sempre é. — Respondi ao pegar timidamente em sua mão.

— Mas há tempos não era. — Respondeu ele irônico.

— O que você quer dizer, você sabia que eu estava trabalhando, envolvida demais com os estudos, as pesquisas...

— Nada minha querida. — Ele apertou a minha mão, e eu tive uma sensação estranha, algo desconhecido por mim até então — Vim na verdade te contar uma novidade, eu imaginei que estaria aqui, não pensei que tivesse a pequenez mundana de tirar uma semana de férias.

— Imagine se vou tirar férias do que eu mais amo fazer. — Falei com empolgação.

— Eu sei que ama os seus estudos, e Einstein, e átomos, e elétrons, e prótons, e pósitrons, e outras partículas e etc e tals, mas é cansativo...

— Eu sei meu amor, mas quando eu me cansar eu paro, não se preocupe. — Eu larguei o lápis e o encarei. — Conte a novidade.

— O Reitor Simões quer compartilhar os estudos do seu projeto com uma Universidade dos Estados Unidos, os caras são muito bons e aprovaram o seu projeto para as pesquisas que já estão em andamento.

— Nossa! Que prestigio. — Eu disse com satisfação.

— Você merece. Quem estudaria em um dia como hoje?

— Isso é muito bom, agora preciso estudar ainda mais e não transmitir nenhuma dúvida sobre nada. — Disse com convicção.

— E você terá uma ajuda de custo.

— Mas eu já tenho. — Respondi sem entender.

— Eu sei, mas terá uma ajuda maior em despesas gerais, também vale para livros, além de um laboratório a sua disposição em qualquer dia e hora.

— Que grande notícia! — Gritei já gargalhando e pulando pela biblioteca.

— Às vezes me assusto com você, nem de longe parece que você estuda física quântica, se não fosse os óculos, os cabelos curtos e essa cara de Nerd. — Ele me olhou como se me examinasse. — Mas ainda assim se eu não acompanhasse o processo de parte dos seus estudos jamais acreditaria que você escreveu aquele projeto sozinha.

— Não me subestime professor, sou mais do que os olhos podem ver.

— Eu sei disso. — Ele segurou minha mão sobre a mesa. — Por isso me apaixonei por você. Vamos jantar hoje à noite?

— Claro que sim cavalheiro. Convite aceito. Vamos ao lugar de sempre?

— Não. — Ele me olhou como se escondesse algo. — Hoje iremos a um restaurante diferente.

— Está certo. Estarei pronta às oito.

— Estarei lá sem atrasos. — Ele enfatizou.

Fiquei eufórica com a notícia trazida por Ricardo, era tudo o que pedi durante os três anos em que estive naquele Campus e, enfim, havia acontecido. Era muito bom sentir a sensação de reconhecimento, não pensava em mais nada além de espalhar a minha euforia, pensei logo em minha mãe, dona Bete, iria se orgulhar da sua caçula desengonçada.

Quando saí da faculdade, corri para a casa de Dona Bete. Cheguei num misto de alegria e cansaço.

— O que aconteceu Monique, está sem folego?

— Mãe eu vim depressa contar uma novidade.

— Deve ser muito boa mesmo pra você me visitar a esta hora da manhã. Você nunca aparece, fica só enfiada naqueles livros. Eu não sei como aquele professor ainda não te largou, é um grisalho bem-apanhado deve ter muitas garotas querendo fisgar aquele bonitão.

— Mãe! O Ricardo não é peixe para ser fisgado! — Eu revirei os olhos, a minha cara não conseguia disfarçar estas frases caretas, me sentia no século passado.

— Está certo, mas você sabe que digo a verdade.

Bocejei por aquele monólogo corriqueiro da minha mãe sobre como caçar um marido, e tratei logo de mudar o alvo:

— Onde está a Sophia?

— Saiu bem cedinho. Foi fazer o teste de Aeromoça para outra empresa de aviação. Eu já disse que ela está muito velha para isso, mas ela não me escuta.

— Mãe, a Sophia tem só 25 anos!

— Sim. Idade ótima para casar, ter filhos. Eu não quero voar com passagens gratuitas para familiares. Quero netos!

— Eu não ouvi isso! — Era irritante, e ao mesmo tempo solitário perceber as coisas daquele ponto de vista. — A senhora me tira do sério, mais do que Albert Einstein e todas as suas teorias!

— Não quero saber desse cabeludo com cara de doido. Você é tão sonhadora quanto o seu pai, nunca vi parecer tanto!

Enquanto ouvia a sua tagarelice suspirei e me joguei no sofá, senti o cheiro do couro do sofá, a voz da minha mãe foi desaparecendo, sumindo aos poucos como fumaça, uma brisa tomou os meus pensamentos. Me dei conta de que havia muito tempo que não relaxava, e como era bom aquele sofá marrom. Fechei os olhos e lembrei do meu pai. Senti o meu corpo leve, uma sensação de frescor e suavidade, como se flutuasse em plumas, ouvi o pulsar do meu corpo e o som da minha respiração, muitas vozes surgiram em meus pensamentos, até que tudo desapareceu, deixando apenas uma brisa confortável, e um prazer inexplicável, um gosto de bem-estar.

Eu sabia que estava deitada no sofá, mas também estava em outro lugar, avistei meu corpo estirado no sofá, comecei a caminhar como se os meus pés estivessem acima do chão. Caminhei sem sentir o solo e vi uma nevoa se formar na minha frente, senti a presença de alguém, abri bem os olhos, ele usava roupas claras, e quando chegou mais perto vi que vestia avental, olhei o cabelo ralo, o tronco alto. Era meu pai.

Ele sorriu pra mim, estava feliz e tranquilo. Se aproximou e me olhou com meiguice, com proteção, um olhar expressivo e sério, mas sempre carinhoso. Eu estava diante do que conhecia por exemplo, de quem me ensinou a gostar de física e química. Para alguém cético como eu, era difícil acreditar naquela visão. É logico que eu estava em algum tipo de transe, obvio que a ciência explicaria, mas eu não conseguiria parar para pensar naquele momento, pretendia entender até o fim o que a minha mente estava querendo me dizer através da imagem do meu pai.

Quando a projeção do meu pai se aproximou me encolhi um pouco, tive receio, mas aproveitei para contemplar aquela visão, não me lembrava de como ele era pessoalmente, ele morreu quando eu tinha 10 anos, a doença incurável. Após a sua morte até tentei iniciar algumas pesquisas para curar aquele maldito vírus, mas depois não consegui seguir com as pesquisas.

Ao se aproximar ele tocou as minhas mãos, sorriu e me entregou um vidro em formato de cápsula, o objeto era do tamanho da palma da minha mão e tinha um liquido esverdeado, olhei com estranheza, aquilo não me dizia nada, queria mesmo era sentir as mãos dele, mesmo sendo uma idealização da minha mente aquele momento era único e eu queria aproveitar.

O seu sorriso parecia me parabenizar pelas honrarias que eu havia recebido, ele estava orgulhoso, seria uma gloria me ver fazer aquele discurso e receber medalhas, além da publicação acadêmica, ele daria pulos de alegria. Mas, em seguida senti o seu olhar agoniado, apontando para a cápsula em minha mão, ela estava lá, fechada com um liquido verde, eu olhei e balancei a cabeça em sinal negativo. Fiquei confusa, não entendi. Estava perdida em minhas convicções e queria definir o que estava acontecendo.

— Acorda Monique! — Ouvi o grito.

— Nossa mãe! O que foi, onde é o incêndio?

Ainda deitada, senti a minha mão quente e semifechada, e quando a abri vi o tubo, mas senti como se fosse desintegrado, ele aqueceu com o calor da minha mão, a sua temperatura ainda estava no meu tato. Aquele tubo estava em minhas mãos, eu tenho certeza disso. Foi como se os meus olhos o tivesse feito desaparecer. A minha irritação quase me fez explodir.

— Mãe, por que interrompeu o meu descanso?

— Eu só te acordei para tomar café.

— Eu não estava dormindo. Que raiva! — Gritei.

— Claro que estava. — Ela respondeu como se não tivesse acontecido nada.

— Não, eu estava só descansando as pernas...

— Você sonhou com seu pai, foi isso?

Eu fiquei em silêncio, talvez tivesse sido um sonho, o que também não deixa de ser um modo de a mente materializar algo.

— Mais ou menos. Ele apareceu pra mim, acho que foi isso...

— Ah, não! Meu Deus! O espírito do seu pai deve estar perturbado, fazia tempo que ele não aparecia pra você. Preciso mandar rezar uma missa.

— Como assim, não aparecia? Que conversa boba é essa, mãe?

— Você não se lembra? Você sempre sonhava com ele, logo depois que ele morreu, enquanto fazia os experimentos no laboratório dele, depois de muita briga você parou.

— Sim, é verdade. Eu havia me esquecido disso. — Balancei a cabeça confusa.

Ver o meu pai fez voltar um filme em minha mente. Ele era um cientista respeitado, que adquiriu uma doença a partir de um produto químico enquanto desenvolvia um de seus experimentos, e mesmo depois de muito pesquisar eu nunca soube o que era. Eu adorava as suas experiências, estava sempre por perto. Sophia amava quando eu testava esmaltes e suas variáveis cores, mas apesar das misturas, a física quântica era a nossa paixão, pesquisar sobre as partículas do Universo sempre nos fascinou.

— Não perecia um sonho mãe. — Eu disse como se estivesse ainda em transe.

— Mas com certeza foi o espírito dele, deve estar agitado com alguma coisa, vou ascender uma vela e pedir pra rezar uma missa na igreja, talvez isso dê jeito... Mas então me diga, qual é a novidade?

A minha empolgação havia sumido, desintegrado como o tubo entregue por meu pai em meu delírio no sofá. Sem entusiasmo respondi:

— É sobre as pesquisas no Campus da UNIJC, eles irão me apoiar com mais estrutura, laboratório 24 horas, livros e tudo mais. Ah, e o projeto terá apoio de uma Universidade dos Estados Unidos.

— Eu não acredito! Eles vão patrocinar o enterro da sua vida social de vez, logo ficará como seu pai. — Minha mãe bufou.

— Por que diz isto? — Perguntei com a mesma rispidez.

— Porque ele se enterrou como você está querendo fazer, nos últimos anos da sua vida eu pouco via a cara dele, era o dia todo no laboratório, e a noite e finais de semana no laboratório de casa, até as refeições fazia lá, parecia um zumbi. Você não se lembra?

— Sim, um pouco. Lembro-me que adorava ficar com ele no laboratório.

— Você se sentia em casa lá, já eu e Sophia não tínhamos acesso livre.

As palavras de minha mãe me deram um lampejo.

— E o laboratório do meu pai, a senhora desmontou?

— Não, ele continua no sótão intacto. Às vezes eu peço para a faxineira tirar a poeira, mas não tenho aonde colocar todas aquelas coisas, e eu não vou perder o meu tempo com isso. Quando eu mudar dessa casa ou morrer, vocês dão um jeito.

A felicidade ficou estampada em meu rosto, as palavras de minha mãe me iluminaram, talvez a cápsula com o líquido verde estivesse lá em algum lugar secreto e fosse a fórmula mais esperada do mundo. Talvez algo tão importante como a partícula de Deus!

No mesmo instante de euforia fui puxada para a realidade, ou para o também conhecido "bom senso", que me disse o tamanho daquela bobagem. Afinal o que o meu pai poderia querer me dizer? Aquilo deveria sair da minha cabeça imediatamente, eu não poderia agir como uma tola romântica, mas a vontade de visitar o laboratório, isso sim, permaneceu.

— Depois vou visitar o laboratório do pai. Mas não hoje por que tenho coisas importantes a fazer.

— O que seria de tão importante? Comprar 300 livros? Perguntou minha mãe de modo sarcástico.

— Não, mãe. Vou ao salão de beleza arrumar os meus cabelos, estão precisando de um corte, e as minhas unhas estão horríveis, vou ter o meu momento mulherzinha, será que eu posso?

A minha mãe pulou ao gritar:

— Até que enfim você disse alguma coisa certa.

Senti-me uma ogra com o seu pulo de alegria, me olhei no espelho, eu devia estar o retrato da medusa para merecer aqueles pulos. Mas logo me despedi, a vontade de ir embora era maior do que ouvir as opiniões da minha mãe, que eu já sabia de cor.

A NOITE CHEGOU TÃO RÁPIDO QUE NEM VI, terminava de me arrumar quando Ricardo tocou a campainha. Eu tentava conter a ansiedade por querer contar da minha visão. Eu tinha colocado um vestido de alças, e assim que ele me viu falou do meu corte de cabelo:

— Mais curto e repicado. Ele passou a mão com o toque suave — A cor do seu cabelo ficou linda neste tom avermelhado. — Ele cheirou o meu pescoço. — E está macio, e cheiroso.

O restaurante daquela noite era muito diferente dos lugares que frequentávamos, me senti um pouco deslocada com o glamour da entrada:

— Por que escolheu este lugar, nunca viemos aqui antes?

— Eu sei meu amor, hoje terá uma surpresa.

— Mas por que não me disse, eu usaria uma roupa de acordo com o lugar. Estou me sentido uma surda em uma convenção para cegos!

— Você e suas piadas ácidas!

— Não é piada é verdade.

— Você está ótima.

Enquanto caminhávamos em direção à mesa, não acreditei no que vi. Lá estavam o senador e uma mulher, que se não fosse a sua filha, teria custado um bom dinheiro para o acompanhar.

— Boa noite! — Ele me disse ao se levantar e me estender a mão.

— Olá, que surpresa. — Eu disse enquanto olhava confusa para Ricardo, que apenas me observou com cara de satisfação.

— Esta é a minha esposa, Jaqueline.

Cumprimentei a moça, que devia regular com a minha idade, e senti vontade de conversar com ela, mas só a olhei com um sorriso amigável.

— Já fizemos o pedido, espero que não se importe. — Disse o senador.

— Claro que não Gregório. — Respondeu Ricardo.

O tom usado por Ricardo me soou insuportável, nem de longe se parecia com o homem que eu conhecia. Ele parecia hipnotizado pelo poder, creio que assim se define alguém no estado de Ricardo naquela noite.

— O Ricardo te falou sobre as conquistas no seu Campus para que você prossiga com as suas pesquisas e os seus projetos?

— Sim. — No mesmo momento que respondi entendi a jogada e completei. — Imaginei que o senhor estava apoiando as nossas pesquisas.

— É uma mulher perspicaz.

O senador olhou para Ricardo, como se tentasse uma pausa, mas eu não deixei, o modo como se comportava me soava estranho, queria entender logo o que estava acontecendo e sem permitir que Ricardo intervisse, insisti:

— Mas me diga, senador, o que está acontecendo?

— O que tem de estudiosa se repete em curiosidade, é muito impaciente, não deveria ser para quem estuda física quântica, a paciência é uma aliada necessária, jamais uma inimiga.

— Não estou impaciente, só quero saber exatamente do que se trata, já que pelo que entendi vamos falar de algo do meu interesse.

Ele tomou mais um longo gole do vinho, e em seguida respondeu:

— Na verdade eu tenho interesses pessoais em sua área, não pessoais propriamente dito, mas como representante do país, os seus estudos muito me interessam.

— Em que sentido? — Perguntei curiosa.

Ele riu, uma risada irritante e forçada, nada agradável, e em seguida completou:

— No sentido de física, o que mais poderia ser? Mas não apenas as pesquisas que você faz aqui. Desejo que você represente o Brasil fora do território nacional.

— Como assim?

— Seria uma experiência inicial de 12 meses, com uma bolsa integral, é claro, e após este período você decide o que deseja fazer.

— Eu preciso pensar, não sei... — Eu respondi como quem tinha batido a cabeça.

— Claro que prècisa pensar. Além disso, isso não é para amanhã, estamos nos ajustes iniciais com os representantes políticos da área. São algumas formalidades políticas, como deve ser de seu conhecimento muitos grupos dos EUA são referenciais em pesquisas e outros estudantes como você que se destacaram também serão convidados. O Ricardo já está com tudo em mãos, inclusive o contrato para ser analisado com calma.

Eu olhei para o Ricardo com um misto de ódio e agradecimento, e ele me respondeu com um sorriso sem graça.

— Maravilha! E se eu aceitar, quanto tempo eu tenho? Perguntei.

— Por volta de 6 meses, no máximo. É o tempo de você se formar e iniciar o mestrado na Universidade dos EUA. Irá como representante federal, você e mais dois outros estudantes, na mesma categoria.

Quando o jantar foi servido, o senador mudou de assunto e monopolizou as conversas sobre política, educação, as dificuldades do país e, principalmente sobre os seus feitos, e assim seguiu até o final, ele mesmo fazendo as perguntas, ele mesmo as respondendo.

Ao chegar em casa mal fechei a porta e disparei como uma metralhadora as perguntas sobre o convite do senador, a minha cabeça fervilhava em pensar nas possibilidades. Apesar de ser algo que eu nunca havia imaginado antes, a partir daquele instante aquela possibilidade passou a fazer parte dos meus planos. Ricardo, ao meu lado, bebia água enquanto me ouvia tagarelar. Eu fui parando de falar devagar. Até que ao notar o meu silêncio ele se aproximou:

— O que houve, por que ficou muda de repente?

— Estou pensando em nós. Como ficaremos?

— Minha querida, jamais iria te atrapalhar diante de uma oportunidade destas. Você deve seguir a sua vida conforme ela vai se desenhando.

— Mas eu não quero ficar longe de você, Ricardo!

— Não pense nisso agora, apenas viva o que está para ser vivido.

— Mas eu não preciso aceitar. — Eu disse tentando me enganar. — Eu nunca pensei em sair do país, isto pode ser uma furada. — Eu sugeri.

— Que você só saberá se embarcar. Você não tem nada a perder. É jovem, tem a vida inteira pela frente.

Eu fiquei muda, sabia que ele estava certo em cada palavra. Ricardo era tão sensato que me irritava. Como eu odiava ter me apaixonado por alguém infinitamente mais racional do que eu. Naquele instante lembrei-me de Sophia, se a oferta fosse para ela, com certeza teria rasgado os papeis na frente do senador. Mas eu teria que decidir por mim, depois pensaria na minha vida amorosa.

MESMO SABENDO DE todas as transformações possíveis com o convite da noite anterior eu me sentia calma, sabia que era um passo importante, e não era essa a minha maior preocupação, ainda estava extasiada com a visão que tive mais cedo. Com a correria para o jantar não tive tempo para comentar com Ricardo sobre o sonho com meu pai, e isto sim me incomodava, as sensações e as dúvidas.

Aquela noite o sono demorou mais que o normal para aparecer, tentei ler, mas as letras se embaralhavam e resolvi me aquietar. Em mais uma tentativa de clarear os pensamentos acendi as luzes da luminária ao lado da cama, enxerguei bem a mancha de pó que cobria todo o móvel onde tinha um amontoado de livros, passei a mão na tentativa de fazer a poeira que os meus olhos alcançavam desaparecer, sem querer esbarrei em vários livros que caíram, e o pó que subiu me fez atacar a renite. Maldita alergia! Em seguida olhei os livros no chão, havia mais títulos do que imaginava ter lido, a luminária um pouco inclinada para a esquerda clareou apenas um trecho do livro no chão, o suficiente para ler o início do título *"Jornada"*, lembrei-me no mesmo instante de meu pai, era o seu livro de cabeceira, "Jornada quântica".

Segurei o livro interessada, ascendi as luzes e o que poderia existir de sono me escapou como fumaça, folheei rapidamente e vi quando um papel caiu no chão, amarelado e um pouco amassado logo reconheci. Ao pegá-lo vi que era uma fórmula, a tal que eu nunca entendi, que jamais consegui decifrar. Tentei por algumas vezes experimentá-la na prática, mas me parecia sempre impossível.

Nesta mesma noite li o livro inteiro. 258 páginas de autores bizarros que devorei em algumas horas, e é claro não tinha muito a ver com a fórmula anotada pelo seu José Carlos, meu pai.

Não me lembro de como peguei no sono, só sei que o despertador fez bem o seu trabalho e me irritou bastante ao clarear do dia. Estava pronta em menos de quinze minutos, olhei no relógio e este já me condenava, estava atrasada. Até que senti todos os meus órgãos relaxar, foi aí que me dei conta de que estava de férias, suspirei em um misto de alivio e tédio.

Ainda sem tempo de sentar e expressar a minha insatisfação com o descanso forçado daquele dia, ouvi baterem na porta, e apesar de muito cedo para receber visitas, familiares, ou seja lá quem fosse, fui verificar. Ao abrir a porta, a surpresa foi mais que inusitada:

— Olá, Gustavo? Bom dia... O meu semblante era de sono, duvidas e surpresa.

— Oi. — Respondeu ele rapidamente enquanto entrava em minha sala bagunçada — Desculpe ter vindo te encher no seu primeiro dia de férias, mas é importante.

— Claro que você não me enche.

Gustavo era um jovem de mente brilhante, tinha os cabelos castanhos até a altura do pescoço, e usava os óculos parecidos com os do John Lennon, aliás era assim que eu gostava de chamá-lo. Gustavo acompanhou todo o meu projeto durante os meus estudos e também foi premiado, mas em outra categoria.

Puxei uma cadeira e fiz sinal para que sentasse. Já ao seu lado, notei a habitual timidez e ele pouco me olhou, abriu um livro grande, aliás nosso companheiro de estudos nos últimos meses, retirou alguns papeis de dentro, folheou vários, até que o seu semblante se modificou, era como se sorrisse com os olhos.

— Está aqui.

— O que está aí, Gustavo? — Perguntei sonolenta.

— A fórmula que te falei, esta que ficou de fora do seu projeto. Eu descobri que esta fórmula está na mira de vários físicos, ela é um mistério, ou melhor, o que ela pode fazer é um mistério.

— Como assim, a minha cabeça está girando como se eu tivesse tomado um litro de vodca!

— Você vai entender. — Você vê estes cálculos da precisão atômica molecular? — Ele apontou com o dedo.

— Claro eu a conheço bem. — Eu sorri vitoriosa animada. — Gustavo você fala sobre a partícula de Deus? Já falamos sobre isso... — Eu respondi quase irritada.

— Claro que não! A partícula de Deus já foi desvendada pelos russos e também pelos chineses.

Em seguida, Gustavo abriu um papel maior do tipo que usávamos para esboço de pesquisas, o papel parecia amarelado, e eu me familiarizei com o desenho no mesmo instante.

— Está certo, é um projeto... E o que é, é uma bomba?

Gustavo me olhou com uma cara tão feia que percebi naquele instante que talvez o assunto pudesse ser mesmo sério, afinal para o cara mais esquisitão do meu grupo ir me procurar às 7h da manhã no primeiro dia das férias, algo no mínimo importante deveria ser. Sentei-me ao seu lado curiosa, comecei a analisar o projeto. A princípio era muito parecido com o que eu já conhecia, mas ao examinar minuciosamente me espantei. Havia algo além do comum, uma peça não se encaixava, ou melhor se encaixava, mas a terminação era familiar, a fórmula findava em algo desconhecido. O que quer dizer *Vl¢£33*?

— Que bom! — Comemorou Gustavo. — Você voltou! É isto, Monique, que está me tirando o sono, tentei de todas as formas encontrar, mas não consegui, parece um código para nos impedir de conhecer a finalização, e o processo é descrito apenas até este ponto.

Gustavo indicou com o dedo.

Olhei novamente o papel, e toquei nele, a textura era fina e amarelada, se destacava entre os outros, aparentava ter no mínimo uns quarenta anos.

— Onde encontrou isso? — Eu questionei.

Gustavo pareceu nervoso com minha pergunta e gaguejou ao responder:

— De que importa aonde achei, o que importa é que está aqui.

— Só perguntei por curiosidade. O papel parece bem antigo... — Fiquei pensativa, e lembrei-me do papel que encontrei entre as coisas de meu pai.

— Eu não pesquisei antes porque não podia me dedicar a isto — Disse Gustavo. — A minha pesquisa segue outra linha e você sabe bem disso.

— Mas eu quero saber onde encontrou isso?

— Foi em uma biblioteca. — Respondeu ele de forma direta.

— Mas em qual? Eu conheço todas as bibliotecas para cientistas da cidade! — Eu falei convicta.

— Bom, não importa. Precisamos descobrir o que é isto! Se isto veio parar em nossas mãos é porque somos capazes de decifrar. Vamos pesquisar. Vamos ter acesso aqueles laboratórios e centros de pesquisas restritos. Poderemos usar os aceleradores de partículas mais modernos disponíveis no Brasil.

— Certo. Eu já ia te contar mesmo. — Foi então que peguei o meu "mapa do tesouro" no bolso.

Gustavo olhou atentamente, segurou em sua mão e antes que abrisse a boca eu disse.

Dissemos juntos:

— É a mesma fórmula!

— Sim! Estava no meio do livro do meu pai, e esta é a letra dele. — Eu disse empolgada. — Vou te contar uma coisa: eu tive uma visão com o meu pai, e sei que ele queria me dizer algo sobre isso.

— Eu preciso gravar isso. — Ele gargalhou. — Você pode repetir isso? Você anda tendo visões?

— Vai brincando... Antes de encontrar estas anotações ontem à noite pensei ser uma bobagem, curiosidade de cientista mesmo, mas hoje quando você me mostrou este projeto, algo se ascendeu em minha mente, não é possível tantas coincidências ao mesmo tempo.

— Você sabe que eu não acredito em coincidências... Nem em visões... São os fatos...

— Eu sei. Fatos, fatos, fatos! Permita-me esquecer por alguns momentos os fatos físicos! Mesmo sendo irônico, eu quero esquecer o físico para estudar o estado físico quântico.

— Você parece determinada, mas talvez seja só perda de tempo. — Ele disse ainda sem entusiasmo.

— Te levo comigo para os laboratórios dos EUA.

— Do que você está falando? — Ele me perguntou assustado.

— É isso. Fui convidada pelo senador Gregório para fazer o mestrado no laboratório, o *Special Quantum Physics*.

— Nossa! — O senador Gregório? Ele disse num tom surpreso. Como se o som de sua voz não quisesse sair.

— Você tem algum problema com o senador?

Gustavo ficou em silêncio, certamente ele nem ouviu o que eu falei, tive a impressão de que ele estivesse em transe. Talvez este fosse o sonho dele, e eu não sabia.

— Parabéns. Você merece.

— Agradeço. Mas faço questão que vá comigo.

— Não seja sonhadora, mas agradeço a sua preocupação. O convite foi para você, não pra mim.

— Mê de alguns dias e você verá. Digo que quero você nas minhas pesquisas.

— Não mude de assunto. — Disse Gustavo incisivo. — Precisamos entender por onde começar, e até saber do que se trata não falaremos com ninguém sobre os nossos estudos.

Depois de dois dias de estudos intensos, eu não aguentava mais ver fórmulas na minha frente, minha cabeça doía e nada de respostas. O Gustavo até que tentou avançar, mas nada de novo surgiu nas pesquisas dele também.

Naquela manhã o sol apareceu mais cedo, ou eu dormi menos do que o necessário, até que as insistentes batidas na porta me fizeram pular da cama. Caminhei sonolenta até a sala, e abri a porta.

— Olá minha querida tudo bem? — Perguntou Ricardo ao me dar um beijo na testa. — Passava aqui perto e não resisti a tentação de te dar um beijo. — Ele entrou devagar observando que a sala ainda tinha as cortinas fechadas. — Vejo que te acordei sinal de que está fazendo bom uso das suas férias.

— Sim, me acordou mesmo. — Eu respondi sem jeito enquanto olhava disfarçadamente para o sofá.

— Eu te mandei mensagens pra te avisar que iria passar, mas você nem visualizou. — Ele riu. — Pensei: está dormindo, ou estudando.

— Eu nem vi, mas de certa forma você acertou. Estudei até muito tarde e peguei no sono.

— Vejo que deu um jeito por aqui. Estava tudo muito.... Bagunçado... Na última visita que te fiz. — Ricardo entrou na sala como se examinasse a casa.

Ainda calado caminhou até o sofá, e para a minha infelicidade viu o meu colega de estudos dormindo no sofá.

— Vejo que tem companhia. — Ele apontou com os olhos para o sofá.

— Estamos trabalhando em um projeto de pesquisa. Física quântica pura. Gustavo está me ajudando.

— Sim, imagino que sim. — Ele disse em tom irônico.

— Mas é isto, acredite! — Eu insisti. Respondi em tom suplicante e desesperado como uma adolescente, se ele não havia pensado nada, mudou de ideia depois de me ver exalar explicações gratuitas. Em seguida reprimi meus pensamentos e decidi que o melhor seria o silêncio.

— Eu não vim aqui pra isso. — Disse Ricardo ao caminhar em direção a porta com frieza. — A sua audiência com o senador está marcada para daqui a dois dias. Espero que já tenha a resposta.

— Não tenho. Na verdade, eu quero lhe fazer uma proposta...

— Monique! Você só pode estar fazendo uma piada.

O tom usado por Ricardo me incomodou, ele nunca tinha me tratado com aquela frieza, jamais havia feito qualquer cena de ciúmes, e não gostei nada da observação de que minha casa estava bagunçada. Quem neste planeta consegue estudar dia e noite, e ainda manter a casa arrumada. Naquele momento vi como um homem, mesmo quando se diz maduro pode ser um perfeito idiota.

— Por favor, não me diga que marcou esta audiência com o senador para esclarecer dúvidas e ficar com choramingo de criança. Você é uma mulher, portanto se comporte como tal. Marcou esta audiência com um homem importante, cheio de compromissos sérios. Então que seja para definir as coisas, ele está contando com a sua participação no projeto.

— Você está certo. — Eu disse me equilibrando para segurar o xixi.

— Sim, estou. — Ele ajeitou a gravata.

Gustavo levantou a cabeça do sofá, ainda cambaleando e ergueu a mão em sinal de cumprimento.

— Bom dia. — Eu disse tentando mediar as partes. — Este é o Ricardo, meu namorado.

— Bom dia. — Ricardo foi seco. — Este rapaz não me é estranho. — Ele disse como se pensasse alto.

— Ele estuda na Universidade, no curso de física. — Eu respondi.

— Mas o professor Ricardo não me deu aula — Respondeu Gustavo do sofá.

Olhei para o Gustavo com vontade de tampar a boca dele com o tapete da sala, depois me virei para o Ricardo que já seguia em direção à porta:

— Espere. — Falei usando voz mais agradável que o normal — Nos vemos hoje à noite?

Ricardo examinou com os olhos a minha casa, olhou os livros sobre a mesa, a ligeira organização, e novamente olhou para o Gustavo que se levantava com o mesmo jeans e camiseta que chegara em casa dois dias antes.

— Sim. Estarei aqui às 20 h. — Respondeu.

Assim que fechei a porta me tranquilizei, me senti uma idiota tentando dar satisfações para um namorado muito mais velho que eu, no entanto era inegável a segurança que Ricardo me trazia, além disso, depositava muita confiança nele por ser um verdadeiro companheiro que sempre me ajudou. Parei de pensar e fui ao banheiro.

— Acho que o teu namorado-professor não gostou de me ver aqui. — Afirmou Gustavo com voz sonolenta.

— Ninguém gostaria.

— Mas eu disse pra você que era melhor ir embora.

— Mas acabamos tarde, e não vejo nada demais nisso. Depois converso com ele.

— Você ama o professor Ricardo, tipo de verdade, pra vida toda, mesmo? — Perguntou Gustavo de forma objetiva.

— Caramba! A vida toda é muito tempo. — Eu ri.

— Depende de quanto tempo você vai viver, ou ele. — Gustavo riu.

Confesso que a pergunta do meu amigo me surpreendeu.

— Por que pergunta isso?

— Eu não gosto dele, e não confio nele. — Disse Gustavo com seriedade.

— O que quer dizer com isso? — Eu perguntei alterada.

— Nada... — Não existe um motivo, eu só tenho uma impressão ruim dele. Gustavo ficou sem jeito e, imediatamente, lembrei-me sobre o "interesse" que os demais colegas falavam que ele tinha por mim.

— Só curiosidade Monique, já que você pretende viajar e largar tudo por aqui. Vai largar ele também?

— Ah sim. Eu e Ricardo ainda não conversamos muito sobre isso, mas ele me apoia demais em tudo o que eu faço. Além do mais, será só por um tempo.

Pelo resto da tarde eu não toquei mais no assunto Ricardo, amor, ou qualquer coisa que me fizesse pensar por algum instante em não aceitar a proposta do senador. Era como se a decisão já fizesse parte das minhas escolhas desde criança, a ideia de estudar fora do país me abriu um leque de possiblidades desconhecidas até então, e eu não podia ignorar esta nova realidade. Além disso, os meus novos desafios se tornavam ainda mais reais quando pensava em como os laboratórios mais modernos poderiam me ajudar na pesquisa prática do nosso novo desafio, que apelidamos carinhosamente de o *"segredo da vida".*

— Já que você agora tem acesso livre aos laboratórios, quando vamos? — Perguntou Gustavo.

— Quando você quiser. Disseram-me que os laboratórios estarão a minha disposição 24 horas por dia.

— Sim, mas estarão à sua disposição e não a nossa! — Retrucou meu amigo.

— Eu sei. Por enquanto. Mas vou resolver isso com o senador daqui a dois dias. Agora você e eu somos uma equipe.

— Está bem. — E quanto ao laboratório secreto do Governo, teremos acesso também? — Gustavo sorriu como se quisesse me provocar.

— Do que você está falando, seu louco?

— Eu já disse. — Ele sorriu com a boca fechada — Era sobre isso que queria conversar com você desde a primeira vez que te procurei para discutirmos este projeto. Existe um laboratório secreto aqui no Brasil. Na verdade, são dois, o menor fica aqui em São Paulo, em uma cidade do interior, a cerca de 300 km daqui, e o maior fica em Manaus.

— Quem te disse isso Gustavo? Você tem certeza do que está falando? — Eu passei as mãos nos meus cabelos para tentar diminuir a minha ansiedade.

— Claro que sim. Mês passado eu fui até esta filial no interior de São Paulo, um colega conhece alguém que trabalha lá, eu conversei com ele, nada de muito grave, só que este projeto não existe só no Brasil. E tudo o que está lá é mantido em segredo federal.

— Isto é loucura, John Lennon brasileiro! — Eu respondi eufórica.

— Loucura não. Realidade.

Foi necessário mais que dois copos de vodca para me tranquilizar aquela tarde, revisei vários projetos, livros, olhei fórmulas na internet e comparei com as do meu pai. Logo a vodca fez cumprir sua função e as letras começaram a embaralhar, meu cérebro ficou lento e preguiçoso. Resolvi que respirar ar puro seria o mais prudente naquele momento.

Caminhava em direção a casa de dona Bete, quando tive a nítida sensação de estar sendo observada, olhei para todos os lados, e a única coisa que vi foi uma senhora com um cachorro à pouca distância, além de duas crianças de mãos dadas com a mãe. Fiquei mais calma, o efeito da vodca até passou com o suor que escorreu pelo meu rosto.

Cheguei e vi minha mãe no jardim, podava algumas plantas quando me viu chegar.

— Olá. Quantas visitas em uma mesma semana! O que aconteceu desta vez?

A minha vontade era contar logo sobre a minha viagem, pra ela ir se acostumando com a ideia. Mesmo eu não sendo a filha queridinha, tinha certeza de que ela faria drama, ia se dizer abandonada e coisas do tipo, isto sem mencionar o que falaria sobre o meu relacionamento com Ricardo, e eu não estava com estomago nem cabeça pra iniciar uma discursão.

— Olá Dona Bete. A senhora está bem também? — Perguntei irônica.

— Estou sim. Olhe esta planta, você se lembra?

— Não. É o quê? — Eu disse enquanto conferia as mensagens do celular.

— É a planta que o seu pai desenvolveu no laboratório dele, ela esteve praticamente morta durante uns 8 anos, estava seca! Agora resolveu ressuscitar.

— É mesmo? — Perguntei tentando demonstrar interesse.

— Sim, eu estranhei muito. Na verdade, ela voltou a se erguer desde o dia em que você sonhou com ele, não dou uma semana para ela estar viva de novo.

Meus olhos brilharam, meu coração acelerou, tantas coisas acontecendo ao mesmo tempo e a minha mãe falando de plantas. Lembrei-me do laboratório do meu pai.

Sem conseguir falar, ainda ouvia Dona Bete dizer:

— Eu mandei rezar duas missas pra ele, acho que agora ele vai se acalmar.

— Mãe, o laboratório do meu pai está aberto?

— Não. Mas a chave está ali em algum lugar.

— Ali aonde mãe? — Insisti irritada.

Subi até o último andar, e parei na frente da porta do sótão. Olhei a pequena porta pintada de branco, segurei na maçaneta redonda, com alguns sinais de ferrugem e assim que coloquei a chave na fechadura a girei com pressa. Abri a porta ouvindo o barulho das dobradiças enferrujadas, meu olhar cuidadoso tentava alcançar o interior do lugar antes mesmo da porta se abrir por completo. Para minha surpresa não estava tudo tão sujo e bagunçado como eu imaginava, aliás tinha até certa organização. Passei a mão em um móvel e retirei uma fina camada de pó, sinal de que o local havia sido visitado há pouco tempo. Aparentemente o laboratório estava muito parecido com o que era quando o meu ídolo José Carlos trabalhava lá. O espaço não era muito grande, como me parecia quando eu ainda era uma criança; uma mesa com pouco mais de um metro e meio ficava encostada na parede do lado esquerdo, a frente uma pequena janela, do outro lado uma bancada com muitos frascos, todos limpos.

Lembrei do meu pai usando seu jaleco e as máquinas que tinha a sua disposição, que já não estavam mais ali. Era como um filme passando diante dos meus olhos. Eu ainda não compreendia muito bem o que me levara até aquele lugar, e prefiro dizer que foram os instintos de pesquisadora à uma sensação de que aquele lugar reservaria alguma informação.

Olhei tudo o que estava ao alcance dos olhos; os tubos microscópios e algumas anotações que encontrei em uma das gavetas, ainda tinha alguns líquidos que lambuzava poucos frascos. Diante daquele laboratório impecável e com a visível preservação das memórias eu não podia negar que a minha mãe cuidara muito bem das coisas de meu pai, mesmo sendo durona, ela o amava do jeito dela, e isso eu admirava muito na dona Bete.

Puxei a cadeira onde meu pai sentava, olhei a luminária posicionada em direção a mesa, o porta-canetas no mesmo lugar que ficava antes, sobre alguns livros, algumas etiquetas e uma grande prancha com anotações, ele rabiscava fórmulas em qualquer lugar. Examinei as anotações, nada demais me saltou aos olhos. Notei alguns recortes de jornais na parede em frente à sua cadeira, que estavam grifados de vermelho, e outros com círculos. Sentei e iniciei uma leitura rápida.

Os recortes eram sobre pesquisas de física e suas descobertas, notícias importantes se destacam entre atribuições para a sociedade que poucos se dão conta existirem graças aos pesquisadores e estudiosos. Suspirei decepcionada, não havia nada demais, nada que indicasse o estudo da fórmula que eu e Gustavo procurávamos, nada sobre *o segredo da vida*. Eu continuava com a sensação de que não tinha encontrado o que procurava ali.

Remexi nos jornais de forma displicente, e levantei sutilmente o risque e rabisque empoeirado, foi quando toquei no recorte que estava ali embaixo. Retirei um jornal datado de pouco mais de 30 anos, que ainda tinha um pouco da cola da fita adesiva que o prendia entre a mesa risque rabisque. O jornal estava dobrado e bem amarelado, sem nada destacado como os outros. Abri e tive uma amarga surpresa. A manchete dizia:

"Laboratório secreto é fechado por praticar experiências proibidas."

Logo em seguida ao título da matéria, havia uma foto em preto e branco de três homens jovens sendo presos por militares fardados e abaixo a matéria:

Na noite de ontem militares fecharam um laboratório clandestino que desenvolvia drogas. Os três cientistas responsáveis foram capturados e presos para prestarem maiores esclarecimentos. São eles: José Carlos Rangel,

Joel Gonçalves e Teodoro Almeida, os três estão sobre custódia dos militares.

— Inacreditável! — Eu gritei apavorada enquanto descia rapidamente as escadas, carregando o recorte nas mãos.

— Mãe, por que o meu pai foi preso? — Eu perguntei mostrando o jornal.

Dona Bete olhou-me assustada, colocou a vasilha de batatas na mesa:

— Quem te disse isso Monique? — Ela limpou as mãos no avental, antes de tomar o jornal das minhas mãos.

Minha mãe era a calmaria em pessoa, e por isso não foi tão difícil perceber que existia algo de errado naquela história. Ela passou as mãos sobre os cabelos e depois as esfregou no rosto:

— Eu não sei muito. — Ela olhou para cima e suspirou — O que você quer saber, pra que quer desenterrar esta história?

— Eu quero saber por que o meu pai foi preso?

Dona Bete caminhou a passos curtos pela cozinha, até chegar ao sofá da sala. Sacudiu as mãos e balançou a cabeça se recusando a olhar o jornal.

— Minha filha, nesta época o Brasil estava em regime de ditadura militar. — Suas palavras eram angustiadas — Qualquer pessoa podia ser presa por nada!

— Eu sei mãe. Mas por que ele foi preso? — Perguntei decepcionada — Aqui diz que ele tinha um laboratório clandestino, que fabricava drogas.

— Eles diziam o que queriam! — Dona Bete começou a caminhar sem direção, como se quisesse dar voltas pela casa, sem responder as perguntas.

— Você não respondeu a minha pergunta.

— Pare com esta história! — Ela gritou como se estivesse apavorada — Eu não quero reviver aquele inferno.

A reação de dona Bete me deixou intrigada, eu sabia que este foi um período ruim para o Brasil, mas se o meu pai fosse um preso político ou coisa do tipo, eu saberia.

— O que está acontecendo aqui Monique? — Gritou Sophia enquanto segurava Dona Bete pelos braços e a ajudava a se sentar na cadeira.

— Você sabia que o pai foi preso? — Eu perguntei de modo autoritário.

— Não. — Disse ela surpresa ao olhar para minha mãe com a cabeça baixa — O que ela tem Monique? Ela está gelada! — Disse Sophia desesperada.

Sophia em poucos segundos colocava a água fresca na boca de minha mãe, que permaneceu com a cabeça baixa sem dizer uma palavra.

— Mas por que você está incomodando a mãe com esta história? — Sophia perguntou furiosa.

— Eu só quero saber o que aconteceu para ele ser preso. — Eu falei sem demonstrar preocupação com o estado de saúde de minha mãe, na verdade eu tinha certeza de que aquela era uma forma de fugir das minhas perguntas.

— Isto era comum durante a ditadura. — Disse Sophia irritada — Você quer matar a minha mãe? Não está vendo o estado que ela está, pra que remexer neste assunto?

— Se diz isto é por que você sabe de alguma coisa! Você já viu este jornal antes?

— Não. — Respondeu Sophia com a voz embargada, enquanto tomava o jornal nas mãos — Isto é horrível!

— Afirmou ela ao colocar a mão sobre a boca tentando segurar uma emoção que me comprovou a sua ignorância quanto ao fato.

— Entenda Sophia, merecemos saber o que aconteceu. — Eu disse em tom mais baixo.

— Por que você não procura saber? Você não é a pesquisadora mais premiada do planeta!? — Ela pôs as mãos na cintura e elevou o tom de voz. — Pare de importunar a mãe com isso. Você tem o jornal e o nome do pai, é só pesquisar.

— Não! — Disse Dona Bete tentando arrancar um grito rouco da garganta. Você não precisa pesquisar nada, Monique. — Disse dona Bete — Ele não fazia coisas erradas, era um pesquisador, curioso e habilidoso, assim como você.

— Mas o que houve, mãe? — Insisti, dessa vez conduzindo com dificuldade uma voz calma.

— Eu não sei bem o que aconteceu. O seu pai fazia umas pesquisas com mais dois colegas, o Joel e o Teodoro, eles sempre estavam juntos, muitas vezes aqui neste laboratório. — Ela apontou o sótão com os olhos — Mas depois disseram que ficou pequeno e montaram outro longe daqui.

— E por que foram presos? — Eu perguntei tentando disfarçar a minha ansiedade — No jornal foi dito que eram drogas ilícitas!

— Eu já te falei sobre isso. — Dona Bete sinalizou com a cabeça negativamente, e ao gesticular irritada concluiu — Eles usavam os cientistas, não existiam limites. — Eu não sei bem o que era, e seu pai falava pouco sobre o trabalho. — Ela disse pensativa — Mas ele não era bandido, isto não!

— Eu sei que não, mãe. — Eu disse tentando transparecer uma convicção que já não tinha.

— Tanto que ele não demorou a ser solto. Em menos de três meses estava em casa, a Sophia era esperada e você nem tinha nascido. — Os olhos de minha mãe pareciam distantes, perdidos em lembranças já guardadas em algum lugar que ela não se agradava em mexer — Eu fiquei apavorada. Foi o pior momento da minha vida. O seu pai sofreu torturas e voltou com marcas não apenas no corpo, mas também na alma. As ideias dele... — Ela suspirou e enxugou as lágrimas, antes de continuar — Em uma das vezes que ele foi ao laboratório, voltou falando de um código secreto que eles iam desvendar, e que os militares não iam impedir...

— E o que ele fazia, ele nunca disse? — Perguntei ansiosa.

— Claro que sim, do mesmo jeito que você me conta tudo! — Era como se ela falasse com meu pai — Mas o problema maior aconteceu com os amigos do seu pai.

— O que aconteceu? — Eu perguntei atenta.

— O Joel foi morto nas mãos dos militares. Era comum isso acontecer, ele era muito jovem. O seu pai me disse que ele não fazia o jogo dos "meganhas", era assim que ele falava.

— E o outro, o tal Teodoro?

— Acho que o Teodoro os militares não liberaram nem o corpo. Sumiu, nunca mais foi visto, nunca mais apareceu. Não tinha como reclamar por leis, eles eram a lei. Mas eu realmente não sei do que se tratava essa pesquisa, só sei que os militares não queriam que eles continuassem.

Depois daquela longa conversa, tudo o que eu sabia até aquele momento começou a borbulhar em minhas ideias. Eu só conseguia pensar em qual seria o meu próximo passo. Apesar de perceber a agonia da minha mãe ao tocar no assunto, e como aquilo podia ser doloroso, eu tinha consciência de que nenhum segredo de família permaneceria escondido para mim.

CHEGUEI EM CASA e quando dei por mim o relógio já marcava 19:30, em poucos minutos Ricardo chegaria. Eu tentava controlar a avalanche de pensamentos sob a água morna do chuveiro, quando ouvi a campainha tocar. Desliguei o chuveiro, me enrolei numa toalha e fui até a porta.

— Boa noite. Disse Ricardo, me olhando dos pés à cabeça, depois entrou devagar, e caminhou até o sofá. Em silêncio olhou em seu relógio.

— Boa noite. — Eu disse em tom inseguro e logo fechei a porta.

— Vejo que temos alguém atrasada. — Ele me disse com olhar inquieto, beijou o meu rosto e pegou em meus cabelos molhados.

— Confesso que sim. — Eu sorri nervosa.

Abri a porta do meu armário e enquanto secava os meus cabelos, examinava as minhas opções de roupas. Senti duas mãos em minha cintura, dei um leve sobressalto, fechei a porta do armário e Ricardo apareceu refletido no espelho.

Virando-me em um ímpeto, ele me deu um beijo suave na boca.

— Parece muito animado para quem não gosta de atrasos. — Sussurrei entre sua boca.

— Mas é por um bom motivo.

— E o nosso jantar?

— Podemos pedir uma pizza. — Ele sorriu contido — Temos que recuperar o tempo perdido, lembra?

O meu sorriso foi a resposta que ele esperava. Livrei-me da toalha e comecei a desabotoar sua camisa, queria sentir o calor do seu corpo. Ele terminou de tirar sua roupa apressado, como se fosse o Clark Kent ao se transformar em Supermam para uma urgente missão de colocar o sexo em dia. Beijei sua boca com vontade, e logo estávamos na cama.

Estava deitada, sonolenta e ainda nua, quando Ricardo apareceu com o rosto na porta:

— Venha comer, a pizza chegou.

— Estou indo. — Mas quero comer aqui mesmo, no quarto. — Gritei.

— Venha, vai esfriar — Insistiu Ricardo ignorando completamente o meu pedido.

Levantei contrariada, peguei o primeiro pedaço com a mão, a fome era grande, maior do que qualquer formalidade, e não perdi tempo.

— Por que não esperou o prato?

— Preciso te contar uma descoberta muito importante, estava louca pra conversar com você sobre isso. — Disse empolgada tentando não falar com a boca cheia.

— Diga. — Ele se ajeitou na cadeira, indicou com os as mãos que me ouvia e começou a comer, cortando a pizza no prato, com elegância.

— Hoje fui até a casa da minha mãe e descobri que o meu pai foi preso!

Ricardo parou de comer no mesmo instante, colocou a garfo sobre a mesa, mastigou depressa e engoliu pausadamente.

— Quem te disse isso?

— Eu descobri. Entrei no laboratório dele e encontrei um jornal...

— Por que você foi mexer nisso?

— Por que você está falando assim? Se acalme. — Coloquei o que restava da pizza no prato sobre a mesa — Estou falando sobre a minha família, sobre o meu pai.

— Mas isso não vai mudar em nada a sua vida, por que remexer nisso agora?

Eu o olhei curiosa, seu comportamento havia mudado, e o seu desconforto ficou evidente.

— Você sabia disso, sabia que o meu pai foi preso? Por que pelo jeito como falou, parece que sabe disso melhor do que eu? Sabe de alguma coisa sobre o meu pai?

— Não! — Ele disse com solidez — Por que eu saberia?

— Está se comportando como se soubesse. O que você sabe sobre o meu pai?

Ricardo estava inquieto, caminhou em minha direção, segurou em meu rosto.

— Não sei muito sobre o seu pai, mas me preocupo com você. — Ele suspirou como quem tentava esconder uma aflição.

— Você não me pareceu admirado. Me parece mais irritado que surpreso.

— Não é isso. — Ele passou as mãos no rosto, tomou todo o vinho que ainda restava na taça — É apenas preocupação. — Ele afirmou ao gesticular com os braços — Por que eu conheceria o seu pai? E por que você não saberia?

— Ele era pesquisador de física, e você também é, esqueceu que você é meu professor, inclusive? Não subestime a minha inteligência. Fale ou descobrirei sozinha. — Eu exigi.

Ricardo puxou uma cadeira, e me fez sentar, em seguida sentou na minha frente:

— Monique isso não é nenhuma novidade. — Disse demostrando uma tranquilidade de Monge ao segurar em minhas mãos e encarar superficialmente meus olhos — É comum cruzar com presos políticos, eu tive alguns amigos nesta situação quando éramos estudantes. O regime militar foi um período difícil no Brasil, com estudantes e pesquisadores de qualquer área.

— Você viveu este período? — Eu perguntei interessada enquanto sutilmente livrava as minhas mãos.

— Sim, um pouco, mas não intensamente. — Ele mexeu nos cabelos como se os arrumasse — Eu era muito jovem, mas me comportava de acordo com as leis para não ter problemas.

— Eu descobri que o meu pai estava com uma fórmula secreta. — As palavras saíram de minha boca como um cuspe sem permissão.

— Do que você está falando? — Seu tom de voz se alterou e os seus olhos tornaram-se visivelmente interessados.

Ricardo levantou os ombros como se eu tivesse lhe apertado um botão. Eu tive um lampejo e me lembrei da voz de Gustavo "não comente com ninguém", "não confio nele", engoli seco.

— Que fórmula secreta é esta que você está falando? O que mais você encontrou no laboratório de seu pai, Monique?

— Eu não encontrei nada no laboratório, apenas o jornal que te falei. — Eu olhei para o lado e fui até a mesa, enchi a minha taça de vinho e a dele. Entreguei-lhe o copo. Meus pensamentos transitavam entre a vontade de arrancar minha própria língua ou esquecer os últimos cinco minutos de conversa.

— E quanto a fórmula secreta, foi isso que você disse? — Ele insistiu com interesse, segurou o copo e deu um gole.

— Na verdade... — Gaguejei — Não é bem isto, é uma fórmula muito parecida com a que eu estudei e não consegui resolver, lembra, aliás, eu não encontrei a estabilidade correta.

— Sei... — Disse ele insatisfeito — É a fórmula que ficou de fora de seu projeto?

— Sim, ela mesmo. — Disse convincente, mesmo mentindo.

— Mas eu te disse que esta fórmula era um mito, uma invenção criada por estudiosos para desviar a nossa atenção. Não é a minha especialidade, mas é uma fórmula conhecida na física como uma bizarrice, uma forma de fazer grandes estudiosos perderem tempo e desviarem o foco. — Ele segurou em meus ombros e apertou, como se quisesse me acordar. — Físicos precisam manter o foco, Monique. Entendeu, minha querida?

— E quanto ao meu pai... Eu tinha outra imagem dele. No jornal dizia que ele...

Ricardo levantou da cadeira e veio em minha direção, parecia querer me abraçar, mas eu não dei sinal de corresponder a sua vontade.

— Não acredite em nenhum jornal, mantenha a imagem que você tem do seu pai, não desfaça isso em você.

— Eu estou decepcionada.

— Eu entendo. — Ele acariciou os meus cabelos e me abraçou — Minha querida, você precisa se preparar para a viagem. Seu pai ficaria orgulhoso de você. Vocês dois seriam brilhantes juntos.

As palavras de Ricardo inflaram o meu ego numa velocidade admirável.

— Não se importe tanto com situações que em nada lhe acrescentará — Ele sorriu e tocou com o dedo indicador a ponta do meu nariz — Entendeu menina sapeca!

Eu estranhei o modo como ele me chamou. Olhei surpresa.

— Do que você me chamou? — Insisti admirada.

— Menina sapeca! — Ele repetiu aparentando estar confuso. — Por que o espanto?

— Só meu pai me chamava assim.

Ele me olhou novamente e levantou as sobrancelhas com expressão curiosa.

— Então devia ter pedido para ele patentear! — Disse ele sorrindo de forma estranha, como se tentasse consertar uma mancada.

Depois disso, à noite que começou tensa, desviou-se para outros assuntos, mais uma garrafa de vinho, até que, antes de dormir, Ricardo me lembrou que dali a dois dias, nos encontraríamos com o senador Gregório para a minha resposta.

O GARÇOM SERVIA O VINHO BRANCO em minha taça quando avistei o senador Gregório chegar. Ele carregava uma mala preta, e desta vez vinha sem a mulher, acompanhado de outro homem, bem mais jovem que ele, alto, de óculos redondo e cabelo bem penteado, que deixava o seu rosto elegante.

— Desculpe-nos o atraso.

— Imagine Senador, disse Ricardo com o mesmo jeito do primeiro encontro, uma espécie de admiração e subserviência.

— Este é o Leandro, o meu filho primogênito. — Em seguida apontou para Ricardo e depois para mim. — Este é o Ricardo, o professor da UNIJC, e esta é a jovem estudante que te falei, Monique. A moça que hoje vai nos dar uma resposta positiva, não é?

— Sim, senador... Eu aceito a sua proposta, é uma grande oportunidade.

— Que grande notícia. — Ele ergueu a taça de vinho e tomou um gole — Mas você seria realmente muito tola se recusasse, é uma chance imperdível.

— Mas tem um detalhe. — Eu disse. Ricardo esbugalhou os olhos — Eu gostaria de fazer um pedido. Eu quero que seja oferecida outra bolsa com os mesmos benefícios para um colega meu, também estudante de física quântica. — Eu cuspi as palavras de forma direta.

Gregório começou a mexer nas unhas:

— Minha querida, oferecemos apenas uma bolsa...

— Eu sei disso. Mas imagino que o senhor pode mudar isso, o senhor tem esse poder.

— Penso que se fosse capaz ele estaria entre os premiados para a bolsa. — Disse Ricardo com satisfação.

— A julgar pelo seu trabalho na Universidade creio que pretende montar a melhor equipe no exterior, com os melhores e mais capacitados estudantes.

— Sei o quanto sou boa em minha área, e sei identificar bem alguém tão bom quanto eu. Juntos poderemos alcançar os melhores resultados, tenho certeza disso.

— Você tem razão, menina, e eu quero o que existe de melhor. — O senador completou a taça de vinho e deu um gole — Monique, você tem personalidade. Mas...

— E tem mais uma coisa. — Eu o interrompi antes que ele pudesse continuar — Se a resposta for negativa, eu recusarei o convite, tanto o de uso dos laboratórios aqui no Brasil, quanto a viagem para o exterior.

— Você seria capaz de recusar uma oferta dessas, minha jovem?

— O que você tem com este rapaz? — Perguntou Ricardo.

— Não seja idiota, Ricardo. Temos um trabalho em equipe. — Eu o olhei furiosa — Mas, então me diga, senador, o meu amigo terá uma bolsa para o laboratório dos EUA?

— Eu preciso verificar se isso é possível. Eu dependo de outras pessoas para tomar decisões.

— Sim, é claro, eu imagino. Senador, eu nunca havia pensado em mudar do meu país, ou trabalhar em prol de outra nação, sou patriota, aprendi isso com o meu pai. Estudei e estudo porque amo física quântica aqui ou em qualquer outro lugar do mundo. Mas como o senhor deve saber, ninguém faz nada sozinho.

— Temos que estudar o orçamento e outras situações.

— Bem, então agora sou eu que aguardo a sua resposta. Temos algum tempo ainda.

— Não temos mais tanto tempo, houve uma mudança de planos e os pesquisadores embarcarão daqui a dois meses.

— Como daqui a dois meses? — Eu olhei surpresa para Ricardo — Não era daqui seis meses?

— Eu não tive como te avisar antes...

— Vamos ver o que podemos fazer. Vamos Leandro. — Disse Gregório ao sinalizar com as mãos.

— O senador deixou uma quantia em dinheiro para pagar a conta e saiu, deixando o vinho pela metade.

— Temos que conversar, Ricardo.

— Creio que não, minha querida. — Ele passou as mãos pelos cabelos e ficou na minha frente — Você parece nervosa...

— Eu não estou nervosa! Eu quero entender por que você não fez nada para defender a minha ida ao exterior? Ricardo sorriu irônico.

— Minha queria eu tornei possível a sua ida ao exterior! Não a do seu amiguinho. Você não pode desperdiçar uma oportunidade dessas por um capricho.

— Mas não é capricho! O Gustavo é bom, e você sabe disso. Além do mais, você não ficou do meu lado. Se calou como se estivesse com medo do senador. O que houve? Ele te ofereceu algum cargo político, é isso?

Sim. — Ele disse a contragosto — E isso será muito importante para a minha carreira.

O DIA AINDA ESTAVA CLARO quando saímos do laboratório público da cidade, cheios de projetos de fórmulas e materiais. Gustavo me acompanhava alguns passos atrás, quando ouvi um gemido que parecia um grito sufocado.

— Ei Monique. — Ele ajeitava os óculos com uma das mãos, tentando equilibrar os materiais no antebraço enquanto segurava a pasta na outra.

Eu achei a cena engraçada e voltei para ajudá-lo enquanto ria. Segurei alguns livros e arrumei alguns papeis sobre a sua mala.

— Quer tomar uma cerveja? — Ele perguntou.

— Está bem. Mas não podemos demorar.

Sentamos em um bar numa rua estreita no centro, logo pedimos uma cerveja e assim que nos servimos Gustavo levantou a mão de modo contido.

— Um brinde?

— Sim, e brindaremos a que?

— A sua viagem, o que acha?

— Eu preciso mesmo falar com você sobre isto. — Coloquei o copo na mesa — Hoje o Ricardo vai a minha casa dizer se eu fui aceita ou não, ou melhor, se você poderá ir comigo.

— Eu já disse que não quero ir, eu não recebi nenhuma bolsa. A bolsa é sua. Além do mais, eu não gosto do seu professor-namorado, muito menos daquele senador, eu não quero estar perto deste sujeito, e se fosse você me afastaria também.

— Não diga isso Gustavo! Eu arrisquei perder a oportunidade da minha vida por você, para que você tivesse a oportunidade de estudar comigo. Juntos seremos imbatíveis!

— Alguma vez você me perguntou se era isso que eu queria?

— Você sempre deixou claro a sua vontade de estudar no exterior.

— Mas eu nunca pedi pra você fazer isso por mim!

— Desculpe. Ei John Lennon? Eu sei que fui intrometida, mas eu também sei que você é capaz...

— Eu também sei. E eu sei o que é melhor pra mim. — Ele bebeu de uma só vez toda a cerveja — Preciso ir.

Terminei a cerveja e voltei pra casa sozinha.

À noite, como era esperado, fui encontrar o Ricardo, e embora ele trouxera uma resposta afirmativa quanto ao meu pedido, eu não estava nada empolgada.

— E quando vai contar a novidade para o seu amigo?

— Eu não sei se ele vai.

— Depois de tudo que você fez por ele?

Quando Ricardo ia dizer alguma coisa, ouvimos alguém chamar o seu nome. Era um homem alto e forte que usava um bigode preto.

— Algum problema Marcelo? — Perguntou Ricardo.

— O senador me pediu que eu viesse. — O homem disse de forma bruta.

— Diga ao senador que já inventaram o telefone.

O homem sorriu, depois ajeitou as calças. Calado, continuou encarando Ricardo, e me ignorando por completo.

— Minha querida... Vou precisar sair...

— Não se preocupe comigo. Eu pego um taxi. — Respondi.

— Eu não sei o que dizer. — Ele passou as mãos nos cabelos — Deve ser alguma coisa sobre a campanha. — Ele pegou as chaves do carro — Me perdoe. — Ele me beijou a testa e saiu.

O sábado amanheceu em um belo dia de sol. Decidi ir até a casa da minha mãe para resolver com ela alguns detalhes da minha viagem. Cheguei já perto da hora do almoço.

— Que cheiro bom! — Eu espiei a panela — E a Sophia está em casa?

— Está no quarto... com o namorado. — Ela respondeu a contragosto.

Naquele momento agradeci por ter saído da casa de meus pais antes de completar 20 anos.

— Vou até lá. Tudo bem?

— Mas ela está com o namorado.

— Não se preocupe, eu vou bater na porta. — Eu sorri maliciosamente ao sair da cozinha.

Subi as escadas, passei em frente ao quarto de Sophia, a porta estava fechada. Ouvi risos. Parei na frente do laboratório, lembrei que estava sem a chave, mas decidi tocar a maçaneta assim mesmo. Ao abrir, vi que o lugar estava todo revirado, gavetas remexidas, alguns objetos no chão. Voltei correndo para a cozinha.

— Mãe, quem esteve no laboratório de meu pai?

— O quê, Monique?

— Vamos diga, qual é o problema em me dizer? — Eu insisti ainda mais exigente.

— Os militares... eles estiveram aqui...

— Quem? Eu fiquei paralisada, meus neurônios tentaram se organizar.

Dona Bete levantou da cadeira e foi até a porta da sala, fez um sinal e se sentou.

Quantos eram? O que queriam? Perguntei impaciente.

— Eram três homens. — Retrucou minha mãe ao responder.

— E o que eles queriam?

— Eu não sei! — Ela passou a andar de um lado para outro. — Eu nunca soube o que os militares procuravam naqueles tempos, quanto mais o motivo de voltarem agora.

— Eles ameaçaram a senhora? — Eu perguntei dissimulando a minha raiva.

— Não.

Reparei quando Sophia desceu a escada e parou diante de nós.

— Diga Sophia, o que você quer falar?

— Mãe é melhor dizer, vamos acabar com isso. — Pediu minha irmã exaltada.

— Sophia! Gritou minha mãe, fazendo sinais com as mãos.

— Fala logo, mãe! — Ordenou Sophia de maneira ríspida.

— Ameaçar... Eles vieram ameaçar. Sempre disseram para eu não me mudar dessa casa, e muito menos desmontar o laboratório.

— Talvez a senhora não saiba exatamente o que eles procuram. — Eu agachei a sua frente. — Mas deve existir alguma pista... Tente pensar em algo que considera importante, ou que o meu pai tenha falado. — Sacudi a

cabeça impaciente — Algo sobre fórmulas. Ou algum segredo do exército.

— Eu não sei o que pode ser minha filha, juro. Mas
vez ou outra eles vêm conferir se o laboratório continua
do mesmo jeito.

Ainda não era noite quando resolvi que precisava compartilhar tantas informações com alguém. Precisava entender aquela sensação dentro de mim, e nada como desabafar com alguém que não gosta de falar.

Esmurrei a porta até meus punhos doerem.

— Gustavo eu preciso falar com você. — Eu disse enquanto entrava como um furacão, sem ser convidada, em sua casa.

— Estranho você por aqui no sábado. Não é dia de ver o seu professor? Você está pálida!

— Lembra quando eu te disse sobre a prisão do meu pai? — Eu respirei fundo.

— Sim, claro que eu me lembro. — Ele ajeitou os óculos.

— Existe algo muito sério por trás da prisão do meu pai. Você acredita que os militares têm poderes sobre a vida das pessoas?

— Eu... não sei de que intensidade você fala, mas acredito que eles mandam em algo, sim. Sobretudo no que diz respeito ao controle de armas, ou em relação a segurança do país.

— Sim, isto é natural em qualquer país, eles são detentores de poder, ou não teriam existido golpes militares em nenhuma nação, nem bombas ou armas seriam construídas e usadas.

— Agora, se acalme e me diga, o que a faz pensar que o seu pai tinha problemas com as forças armadas?

— Segundo minha mãe, após a morte dele, por duas vezes um General esteve na casa dela.

— E como sabe qual era a Patente dele?

— Por que ele se apresentou para minha mãe dessa forma: General da Aeronáutica, Fernandes!

— E o que a Aeronáutica podia querer com o seu pai?

— Meu pai estava envolvido em alguma pesquisa, algo muito sério, que eu acredito pode estar ligado a segurança nacional.

— É importante não comentar isso com ninguém Monique. — Gustavo me olhou seriamente — E aí vamos ver o que a gente consegue descobrir. Vamos investigar.

— Sim, estou certa disso.

Saí da casa do Gustavo pensando no que fazer, quando, ainda em meu transe ouvi meu celular tocar. Notei que era uma mensagem de Ricardo. As minhas vontades se intercalavam entre deletar a mensagem sem ler ou responder ou excluir o número dele da minha agenda e tudo mais o que lembrasse a sua existência. Mas a curiosidade não permitiu nenhuma das ideias anteriores. A mensagem dizia:

Permita me redimir. Jantar em minha casa hoje à noite. Será especial, prometo.

Na porta do apartamento, ouvi vozes, e antes de tocar a companhia tentei decifrar quem, além de Ricardo, estavam lá dentro.

— Boa noite. — Disse Leandro ao abrir a porta.

— Quem é? — Ouvi a voz de Ricardo se aproximando da porta.

Eu sorri confusa enquanto observava Ricardo e Leandro me examinarem como uma estátua, pálida e petrificada.

— Boa noite Monique. — Ele gaguejou e conferiu o relógio — Estou vendo que te contaminei por minha mania de horários. Trinta minutos de antecedência. Fique à vontade, você já conhece a casa.

Ainda calada caminhei desconcertada em direção ao sofá, a bela televisão fixada no grande painel branco estava desligada, ao fundo, o som de Ella Fitzgerald cantando o clássico *Summertime*. Ainda em pé eu olhei curiosa para a pilha de papeis sendo organizada por Leandro.

— Não se preocupe Monique, eu estou de saída. — Disse Leandro ao erguer uma taça de vinho.

— Toma uma taça de vinho querida? É uma safra muito boa.

Assim que Ricardo deu as costas, segui para a sala ao lado, tinha apenas um pequeno degrau entre o piso de madeira e o de mármore. Olhei Leandro de perto e tive a sensação de conhecê-lo de outro lugar. Sua fisionomia estava relaxada, seus ombros largos e corpo atlético se destacavam sob a camiseta branca e justa, e dele exalava um perfume de aroma marcante que senti desde que cheguei na casa.

— Eu não queria mesmo atrapalhar vocês. — Eu disse ao me aproximar o mais perto que pude sem tirar os olhos dos papeis que ele pegava um a um, com todo cuidado.

— Não atrapalha em nada. Às vezes perdemos a noção do tempo durante o trabalho. — Ele sorriu.

— Sim, é verdade. — Eu deslizei o dedo indicador no vidro da mesa, até para sobre uma das folhas de papel — Faz tempo que você conhece o Ricardo? Perguntei enquanto tentava ler algumas anotações.

Ele franziu a testa e sorriu.

— Não. Eu o conheci na mesma noite em que conheci você. — Leandro voltou a organizar os papeis, pediu licença e puxou o que estava embaixo da minha mão. As mãos dele me tocaram.

— Em que está interessada? Perguntou.

— O quê? Não entendi a pergunta. — Eu sorri.

— Estou perguntando sobre o que você pretende desenvolver nos laboratórios? Agora que terá acesso livre a todos eles. — Ele colocou os papeis nas pastas.

— Muitas coisas. — Eu respondi tentando parecer distraída.

— Mas creio que já sabe o que irá desenvolver nos laboratórios do EUA. — Ele guardou o ultimo papel. — O ritmo de pesquisas de lá são bem mais rigorosos que os do Brasil.

— Está aqui! — Disse Ricardo com a voz denunciando, no mínimo três garrafas de vinho já consumidas durante a tarde. Trazia consigo uma garrafa nova e duas taças. — Logo nosso jantar vai chegar, Monique. Você vai adorar a comida deste restaurante, eu posso apostar. — Disse Ricardo ao encher a minha taça, a dele e quando ia pegar a de Leandro, o amigo a afastou.

— Não é necessário Ricardo. Já organizei tudo o que precisava. Já tomei vinho suficiente e agora tenho que ir. Desejo um bom jantar a vocês.

Sentamos na sacada, o lugar estava lindo, o tom avermelhado do ambiente se associava a beleza da lua que se exibia para a vista do décimo andar, suspirei encantada.

— Me desculpe pela outra noite, eu não queria te deixar sozinha... — Disse ele olhando nos meus olhos.

— Está tudo bem. Deve ter sido importante.

— Que bom que me entende. Então, já está pronta para ser mulher de um político?

— Creio que não. — Eu sorri. — Mas me diga, que cargo você pretende com o senador?

O interfone tocou e Ricardo desceu para buscar o jantar. Estava tudo muito bom, realmente. Com exceção dele próprio, que acabou por tomar a garrafa de vinho toda quase que sozinho. Tentei voltar ao assunto.

— Mas me diga, que cargo pretende ocupar com o senador?

— Digo sim, mas vamos falar sobre isso depois. — Ele sorriu com a voz ligeiramente sonolenta.

— Você está bem?

— Claro que estou. — Ele disse ao entrar na sala e se jogar no sofá. — Deita aqui do meu lado.

— Sim, já vou. — Eu disse segurando o riso. — Vou ao banheiro primeiro, e já volto.

Assim que voltei, notei que Ricardo havia tentado esticar as pernas, e dormia no sofá. Me atentei para o cuidado com o barulho no piso de madeira, fui até o quarto e abri a gaveta onde Leandro havia guardado os papeis. No primeiro que peguei, havia anotações de camisetas para campanha, no outro apenas um número de telefone. Estranhei, e conferi se não tinha mais nada naquela gaveta.

Nada além destes dois papeis aparentemente sem importância. Antes de guardar, virei a folha onde estava anotada o telefone, e vi algo que me chamou atenção. Fiquei paralisada ao analisar o papel, percebia que existia algo ali fora do normal, anotei o telefone que estava na folha, depois guardei cuidadosamente na gaveta.

Já estava cansada de revirar as estantes de projetos e artigos da biblioteca, pesquisava desde as nove da manhã por provas e relatos que ligassem estudos de física quântica a pesquisas das forças armadas brasileiras.

Guardei tudo na mochila, era preciso esconder ao máximo qualquer coisa que ameaçasse a limpeza do local, isto porque na entrada existia algo muito mais perigoso que um cão de guarda, a velha rabugenta de olhos atentos e voz arrastada como uma gaveta, não permitia nem mesmo chicletes ou balas... E água só no salão principal, no bebedouro ao seu lado. Quem estudava qualquer assunto relacionado a física e já havia frequentado a biblioteca estadual, com certeza já ouvira falar de Mirtes, o *Mito Físico*, como era conhecida por todos. A mulher devia ter por volta de sessenta anos, mas sua expressão carrancuda e sua voz peculiar a deixavam com aparência de mais de cem. Mas a sua organização da biblioteca era excelente, isso ninguém podia negar.

Assim que entrei conferi sobre o que se tratava a sala "Artigos e relatos sobre estudos e pesquisas". Na parede a placa: *Proibido tirar cópias*. Olhei o terminal de consultas, reparei a minha frente a grande janela de vidro transparente, sem cortinas. Era uma bela visão da biblioteca, era possível ver cada canto, e é claro, a rabugenta dona Mirtes teria a mesma visão quanto as minhas ações.

Comecei a vascular uns relatos ligados às forças armadas, descobri que existiam muitos investimentos nesta área por parte do governo, e que durante o período do governo militar isso fora intensificado. Além disso, muitos experimentos tinham apoios financeiros do exército, e grande participação dos estudantes da aeronáutica.

Pouco mais de duas horas de estudos deixei o material na mesa dos fundos e fui até a mesa principal onde tinha deixado a minha mochila, olhei pela janela. Do alto da saleta fui conferi se dona Mirtes estava em seu posto na entrada. Notei quando um oficial entrou na biblioteca, era um militar da aeronáutica de farda azul, e quepe. O homem ficou por um tempo conversando com dona Mirtes.

Aproveitei a distração de dona Mirtes, abri minha mochila e tomei quase toda a minha garrafa de água. Voltei a olhar na janela, e o tal oficial já não estava lá. Sentei de volta no meu lugar, abri um salgadinho, enquanto lia uma matéria interessante sobre estudos atuais, coloquei o meu suco de laranja em cima da mesa e continuei a ler. Ainda concentrada na leitura ouvi uns passos duros de botas.

— É esta porta, capitão.

Joguei o saco de salgadinhos embaixo da mesa e me concentrei em me defender apenas do crime do suco sobre a mesa, caso dona Mirtes viesse brigar comigo.

— Boa tarde. — Disse o homem ao entrar na sala.

Ergui suavemente a minha cabeça, olhei para a latinha de suco, e sem conferir o rosto do sujeito respondi:

— Boa tarde.

— Monique? — Ele sorriu desajeitado enquanto tirava o quepe e o colocava na mesa.

— Leandro!? — Eu gaguejei — Não sabia que você era das forças armadas?

— Sim! — Ele respondeu tão surpreso quanto eu. — Você por aqui? — Ele olhou para a lata em cima da mesa, e riu. — Logo você desafiando Dona Mirtes. Mas o que faz aqui?

— Eu estudo física. — Sorri nervosa. — Esqueceu?

— Claro que não! Mas sei que este setor não é a sua área. — Ele me encarou de um jeito que eu congelei por dentro. Lembrei-me dos documentos que havia deixado em cima da mesa dos fundos, tudo o que fosse possível estar relacionado a física quântica e forças armadas. Se ele visse aquele material seria difícil me explicar sem dizer as minhas intenções reais.

— Você também estuda física quântica? Perguntei tentando disfarçar.

— Não. — Ele pôs as mãos sobre a mesa — Na verdade eu sou biólogo. Mas sabe como são as ciências, em algum momento se cruzam, não é? Leandro se levantou, ajeitou o uniforme, e seguiu em direção ao corredor estreito no fim da sala — Ah, melhor você pegar logo este saco de salgadinhos porque se a dona Mirtes ver, você será banida dessa biblioteca para sempre.

— Você viu? E eu aqui no maior sacrifício pra você não ver.

— Só este cheiro insuportável já denunciaria a sua traquinagem.

— Sim, você tem razão. — Eu sorri.

Leandro seguiu pelo corredor até a outra sala. Ficou por lá pouco menos de cinco minutos e logo voltou com algumas pastas nas mãos.

— Se importa se eu ficar por aqui? — Ele perguntou sorrindo.

— Não, claro que não. Fique à vontade. — Por sinal, eu já estou de saída...

— Não me diga que pretende ir embora só porque eu cheguei? — Ele sorriu ao puxar uma cadeira e sentar na minha frente.

— Não se sinta tão importante assim, CAPITÃO!

— Você tem bom-humor. — Ele abriu as pastas — Preciso voltar ainda hoje para a base, acabaram as minhas folgas.

— Se precisar de alguma ajuda com a física, é só dizer. — Falei tentando demonstrar simpatia, enquanto tentava descobrir o que ele estudava e que materiais tinha separado. Como não conseguia alcançar com as vistas o que ele estava lendo, me atentei a beleza daquele homem fardado. Quinze minutos depois, recolhi meu material, guardei tudo e me despedi.

— Tchau, Leandro. Bom te ver.

— Foi um prazer encontrá-la.

CHEGUEI PONTUALMENTE AO meio dia no café do centro da cidade, me sentei em uma mesa externa. Poucos minutos depois, Ricardo chegou, tinha o semblante cansado me deu um beijo apressado na testa e sinalizou que iria ao banheiro. Quando voltou parecia um pouco mais alerta, mas não o suficiente para tranquilizar o seu semblante.

— Você parece meio afobado. Está estranho, aconteceu alguma coisa? Tem algum compromisso agora, hora pra voltar?

— Nada. São problemas da campanha.

— Isso porque a campanha de verdade ainda nem começou, hein?! — Eu sorri.

— Aprenda algo muito importante. Campanha política não tem começo nem fim. Políticos estão sempre em campanha.

Engoli seco, Ricardo não estava em seus melhores dias.

— Mas o que você queria me dizer? — Ele perguntou parecendo impaciente.

— É sobre a viagem. É daqui a dois meses. Preciso que me ajude com a minha mãe...

— O quê? — Ele arregalou os olhos. — Você ainda não contou pra ela! Eu preciso dizer que está se comportando como uma adolescente.

— Que escândalo! Eu digo que preciso da sua ajuda e você fica dando chilique.

— Entendi o que quer. — Ele balançou a cabeça — Quer me usar de escudo. — Ele sorriu — Marque o dia e irei com você conversar com ela.

— Obrigada.

— Bem, se era só isso, podia ter me falado por telefone. Preciso ir. — Ricardo olhou no relógio. — Logo o senador vai me ligar.

— Vou ao banheiro, um segundo. — Eu disse. Não aguentava mais o Ricardo e sua fixação com o senador.

Sai do banheiro e vi que a cadeira do Ricardo já estava vazia, confesso que imaginei uma fuga, fato que diante de suas últimas atitudes não seria difícil acontecer. Mas logo vi que ele estava na parte lateral do café, de costas, não percebeu quando me aproximei.

— Eu entendo. — Ele disse num cochicho. — Mas não posso ir à Manaus agora!

Meu coração gelou, senti minhas mãos suarem frio, meu corpo estremeceu. Ele desligou o telefone no mesmo instante. E se virou para mim.

— Monique?! — Ele me pareceu ansioso e preocupado.

— Você pretende viajar? Eu ouvi sem querer você dizer algo sobre não poder ir à Manaus.

— Ah sim... Se dependesse destes organizadores da campanha do senador eu viajaria pelo Brasil inteiro em uma semana. Esses compromissos todos são muito cansativos. Estou pensando seriamente em não lecionar este ano. Eu já acertei a conta. Vamos?

A CAMINHO DA CASA DE GUSTAVO me senti inquieta, o trajeto do ônibus não levaria mais de meia hora, mas parecia uma eternidade. Fiquei a encarar as pessoas ao meu redor, um homem com cara de matador, um jovem suspeito, uma senhora me encarando. Senti um arrepio subir em minhas pernas, uma sensação péssima, e o trajeto tornou-se um martírio sem fim. Fechei os olhos e respirei fundo até que enfim cheguei ao meu destino.

Não pedi permissão para abrir as cortinas na casa de Gustavo, me sentia numa batcaverna. Sem ventilação, um cheiro de mofo insuportável.

— O que aconteceu, por que está aqui tão cedo? Sumiu por dias, não me atendeu.

— Eu estava caçando algumas coisas. — Eu sorri nervosa.

— Por que não me esperou no laboratório?

— Não podemos falar sobre estes assuntos no laboratório, está sendo mais frequentado nestes dias.

— Verdade. — Ele concordou com a cabeça. — Então me diga o que me conta de novo?

— Dia desses estive na casa de Ricardo. Encontrei uns papeis estranhos lá. Descobri que a relação dele com o senador não é de hoje. Tem coisas lá de mais de cinco anos. Não tive tempo de mexer em tudo. Entre algumas anotações, coisas de campanha, um número de telefone, encontrei também dois brasões timbrados em alguns papeis. Um deles era do Exército Brasileiro, o outro da Marinha Americana.

— Mas o que você encontrou que realmente nos interessa?

— As anotações em sua maioria estão em inglês. Mas tinha vários projetos de desenhos, e avaliações de um protótipo de um jogo, ou algo do tipo. — Eu disse um tanto insegura.

— Monique, não podemos tirar conclusões precipitadas, precisamos de mais informações.

— Eu sei disso. — Me irritei. — Mas você acredita que pode ter alguma ligação? Você acha que estas pesquisas podem estar ligadas ao meu pai, e que na verdade os Estados Unidos podem ter algum interesse nisso tudo?

Gustavo me olhou pensativo.

— Diga! Perdeu a língua?

— Você não entende. — Ele balançou a cabeça — O que sabemos são suposições, e não fatos. A partir do que sabemos vamos fazendo suposições que podem ou não ser verdadeiras.

— Mas é isto o que fazem os investigadores. — Eu sorri ao olhar em seus olhos. Ele me retribuiu com um raro sorriso empolgado.

— Creio que uma coisa pode sim está ligada a outra. Não é novidade o interesse dos Estados Unidos em nossos estudos, e não somente a nação americana, mas outros governos também se interessam por este assunto. Lembra o que eu te falei sobre a existência de dois laboratórios secretos no Brasil?

— O laboratório secreto pode ser o núcleo de tudo. Mas não acredito que o senador ou o Ricardo tenham conhecimento disso...

— Monique, isso não está me cheirando bem. É preciso que você saiba que ao mexer nisso poderá descobrir coisas sobre muitas pessoas, inclusive sobre seu pai.

— Eu sei. Mas como irei para o exterior com tantas dúvidas? Eu não teria paz, me tornaria alguém incompleta. Além do mais, eu quero mesmo descobrir coisas sobre o meu pai.

— Entendo você. Admiro a sua coragem, e afirmo que além de coragem precisará ter estomago e cuidado ao se envolver com política.

— Tem outra coisa. Eu estive com o Ricardo ontem. E eu ouvi ele dizer algo sobre Manaus. Não seria algo ligado ao outro laboratório secreto do Brasil?

— Huuummm — Ele mexeu nos óculos — Você acredita que o Ricardo falava de Manaus, ou melhor, acha que ele falava sobre o laboratório secreto que dizem existir lá.

— O Ricardo está envolvido com o laboratório secreto, vários indícios me direcionam para este caminho, a começar por ele está trabalhando com um capitão da aeronáutica e sendo recrutado por caras mal-encarados a qualquer hora.

— Não entendo, Recrutado?

— Depois eu te explico. — Eu sentei impaciente — Encontrei alguns documentos que o colocam ligado a tudo. — Respirei fundo ao dizer — Ele esconde algo.

— Mas o que faremos com esta informação? Suponhamos que ele esteja realmente envolvido com alguma coisa que ainda não sabemos exatamente o que é, do que isso irá adiantar se não temos certeza de nada, nem mesmo do que se trata, afinal?

— Errado. Sabemos que se trata de física quântica e experimentos. Sabemos que o exército e outros países fazem parte de uma conspiração em torno de um protótipo apelidado por *fórmula secreta*... E o mais importante. — Sorri satisfeita, fui até a minha mochila e tirei da pasta um papel — Temos o projeto que possivelmente é do laboratório de Manaus, que aliás estava entre os papeis que encontrei no escritório do meu futuro ex-namorado.

— Isso sim é uma boa novidade. — Ele ergueu as sobrancelhas.

— Meu caro John Lennon — Eu disse presunçosa — Nós vamos descobrir tudo, tudo mesmo. Vamos à Manaus em dois dias! — Joguei sobre o seu colo as nossas passagens — Comprei pela internet, com as minhas economias, e retirei hoje. — Chegou a hora de saber a verdade.

— Manaus?! — Gustavo pegava nas passagens como se fosse material radioativo. — Você só pode estar louca! A gente nem sabe onde fica esse laboratório, nem sabe se ele realmente existe. Como a gente vai procurar um laboratório no meio da floresta Amazônica?

— É nesta parte que entra seu amigo, que te apresentou os indícios do laboratório.

— Parece que o seu sumiço a manteve bem ocupada por estes dias. E se não for este laboratório? — Pode ser apenas uma coincidência.

— Eu sei que é. Olhe as coordenadas. — Eu mostrei o projeto com o mapa no verso — É claro que isto está escondido porque é proibido! O que eu ainda não sei é como vamos entrar lá. Primeiro precisamos saber se existe monitoramento de câmeras 24 horas, também precisamos de roupas de laboratório, e dos horários de fechamento e abertura dos turnos...

— Espere! — Ele me interrompeu — Você quer entrar lá à noite?

— Claro! Durante o expediente não poderíamos ver nada.

— E onde iremos dormir?

— Você não existe! Eu preocupada com fórmulas secretas de física quântica e você quer saber aonde vamos dormir! Você é mesmo neurótico.

— Não. Sou prático. Quando o vento frio das arvores bater em você, vai se lembrar da minha pergunta. Você já sabe o quanto isto pode ser perigoso? Se nos pegam lá? Vamos precisar avisar alguém.

— Claro que não! Agora você é quem enlouqueceu. Nem pensar nesta possibilidade.

— Mas não podemos correr este risco, ir sem ninguém saber onde estamos. Seria loucura!

— Terá que ser assim. Imagine falar pra minha mãe ou para Sophia. Seria suicídio! — Afirmei irônica. — Não tem como, precisamos ir em sigilo absoluto.

— Ele suspirou pensativo. — Vamos conversar com o meu amigo.

O jardim de dona Bete estava bonito, notei algumas flores que antes não existiam ou a minha pressa diária não me permitia enxergar. O sol brilhava com pouca intensidade iluminando de forma muito suave as plantas.

— Me parece preocupada Monique. — Ela olhou meu rosto.

— Quero saber se os militares estiveram aqui de novo?

Minha mãe calou-se. Desviou o olhar, passou as mãos no avental e voltou a mexer nas plantas.

— Mãe! Eles estiveram aqui quando?

— Eu não me importo, eles sempre vieram. Normal eles virem. — Ela deu os ombros.

— Normal alguém vasculhar sua casa procurando algo que você não faz ideia do que seja?

— Você anda muito nervosa minha filha, precisa tirar umas férias, descansar dessas pesquisas loucas!

— Eu também acho que preciso descansar, logo vou precisar... Mas antes ainda preciso voltar aos estudos. — Tirei uma rosa do pé, e conclui — Depois vou tirar uns dias de férias, viajar para algum lugar bem longe de física quântica. — Sorri satisfeita.

— Que boa notícia. — Disse dona Bete ao reparar na rosa em minhas mãos — Já está tão feliz que quis até uma rosa, mas cuidado com os espinhos.

— Ela é muito bonita. Tem um aroma exótico e uma cor diferente, um vermelho com tons de azul, e o formato.... Esta rosa é toda exótica.

— Sim ela é de uma safra muito especial mesmo, é uma das plantas do seu pai.

— O quê? Ai! — Eu gritei ao me furar com os espinhos — Nossa que dor! Até a dor deve ser de uma safra muito especial.

— Ah Monique como você é desastrada! Vai lavar a mão.

— Tão linda, e tão traiçoeira. — Eu ironizei — A senhora disse que era mais uma planta do meu pai? O que quer dizer, ele também era botânico?!

— Eles faziam testes com algumas plantas, às vezes em animais também, eu só não consigo te dizer do que se tratava, mas isso era bem comum. As experiências, em sua maioria, eram feitas pelo Joel, o amigo de seu pai, aquele que você viu no jornal. Ele era biólogo.

— Biólogo? — Eu repeti confusa — Eu pensei que ele fosse físico também. E eles se conheceram como?

— Isso eu não sei, quando eu conheci o seu pai eles já eram muito amigos, os três aliás, o Teodoro também.

— E de que área era o Teodoro? — Perguntei interessada.

— Eu não tenho certeza, mas acredito que era cientista como o seu pai. Talvez botânico. Ele gostava de plantas. — Percebi minha mãe olhar para os lados — Mas seu pai me contou uma vez, dando risada — Ela sussurrou entre os dentes — Que o Teodoro adorava fazer bombas.

— Tá. — Eu sussurrei — Mas não precisa falar assim baixinho.

— Menina chata! — Ela me deu um tapa nas costas.

— E o que mais a senhora sabe sobre estas bombas?

— Eu não sei nada, Monique. Não tem como eu saber isso. — Ela pareceu inquieta — O que eu sei é que algumas plantas foram testadas ou produzidas por eles. — Ela disse ao tocar uma planta de tamanho médio, com um tom de verde que eu jamais havia encontrado em nenhuma palheta de cores.

— Produzidas? — Olhei para dona Bete e pensei que a baixinha era como um pote cheio de surpresas e informações — Não sabia que o meu pai gostava de plantas.

— Sim. Eles faziam muitas pesquisas antes de os militares os prenderem. — Ela suspirou.

— E a senhora disse que o tal Teodoro gostava de bombas? Será que foi isso que os levou para a prisão?

— Pode ser, mas eu não posso afirmar.

— E os militares voltaram aqui depois de minha última visita?

— Sim...

— A senhora disse que eles não vinham havia um tempo. E agora que eu soube de tudo, já vieram duas vezes em poucos dias, não é isso?

— Eu sei. — Ela falou cochichando novamente — Por isso te segurei aqui no jardim. Eu tenho medo de que eles tenham colocado escutas na casa.

— Mas por que a senhora acha isso?

— Ah, sei lá. A gente ouve falar tanta coisa dessas operações militares.

— A senhora pode ter razão. Eu olhei a minha volta. — Assustei-me com inteligência de dona Bete, o que ela falava realmente poderia fazer sentido.

— Não sei se aqui fora poderia ter também, creio que aqui não. — Ela pôs o regador ao chão — Porque nesta parte externa da casa tem o barulho da rua também.

Sem avisar dona Bete fui até o laboratório. Era muito entranho a sensação de me sentir vigiada, por mais que eu tentasse agir com naturalidade, não conseguia. Girei a chave e abri a porta. Estava arrumado e muito organizado. Andei até a mesa no final do laboratório e ouvi um barulho de madeira no chão, olhei a minha volta e me dei conta de que ainda não tinha percebido como o assoalho estava velho e desgastado. Examinei todos os cantos do lugar, puxei a cadeira giratória que ficava na frente da mesa, e a levei até o meio do laboratório, sentei e comecei a girar, como quando eu era criança.

A minha respiração aumentou, olhei para o teto, fechei os olhos e permaneci assim por alguns minutos. Respirei aliviada enquanto um arrepio subiu pelo meu corpo. Eu já sabia onde estava o que eles procuravam.

Eu sobressaltei quando vi Ricardo entrando pela porta da sala. Antes mesmo de dizer bom dia, ele encarou Gustavo e acenou com a cabeça, com cara de poucos amigos.

— O Gustavo veio me trazer uns preços de viagens. — Eu disse com a única intenção de introduzir algum assunto.

— Entendo. — Ricardo sorriu — No planeta em que você vive ainda não inventaram internet, nem telefone? — Ele entrou e parou no meio da sala, como se aguardasse que Gustavo fosse embora.

— Eu já estava de saída. — Gustavo deu um pulo do sofá — Estou indo, depois nos falamos, Monique. Me avise quando voltar e retomamos os estudos.

Assim que Gustavo saiu, Ricardo relaxou as expressões.

— Então você vai viajar? — Ele me perguntou enquanto me colocava em seu colo.

— Sim. Quero descansar antes da viagem para os EUA.

— E pretende ir pra onde, posso saber?

Eu me soltei dos seus braços e levantei.

— Quer beber alguma coisa? — Perguntei.

— E o que temos aqui para beber?

— Tem uísque e licor de pêssego. — Eu disse incomodada com seu tom.

— Não tem vinho, querida? Você sabe que eu gosto de vinho.

A minha vontade era de perguntar se ele já estava surdo ou gagá, devido à idade, mas me limitei ao "gentil", não, meu amor.

— Uísque com duas pedras de gelo, então, por favor. — Ele disse ríspido.

Ele pegou o copo da minha mão e colocou sobre a mesa. Me puxou com uma suavidade forçada e passou a deslizar as mãos pelos meus braços, depois subiu até o meu pescoço, e apertou com uma das mãos enquanto desceu a outra entre minhas pernas. Aos poucos ele passava a mão com mais pressa, onde alcançava.

— Agora não, Ricardo.

— Agora não? — Ele riu sarcástico. Colocou o copo na pequena mesa a sua frente. Suas mãos caíram em minhas pernas e ele a enfiou dentro do meu short.

— É, agora não! Eu não quero! — Levantei afastando suas mãos.

— Por quê? Você nunca me recusou, Monique!

— Porque eu não quero agora! Não preciso explicar isso, aliás você deveria se perguntar por quê?

— Mas eu quero entender. — Ricardo me abraçou pelas pernas. Eu senti um forte cheiro de álcool. Ele me fez sentar ao seu lado novamente.

— Para! Por que você está sendo grosseiro?

— Grosseiro? — Ele me olhou perplexo segurando os meus braços — Eu só quero você, estou com saudades. Ele voltou a deslizou as mãos por meu corpo e apertou o meu seio. — Ricardo me jogou no sofá e subiu em cima de mim, e passou a me beijar de forma descontrolada.

— Pare! — Eu tentei gritar.

De repente ele abriu o zíper da calça, e em seguida os botões da minha blusa com estupidez.

— Não! — Eu gritei e saltei do sofá como um sapo quando quer pular o mais alto que pode — Quero que você vá embora da minha casa agora!

— Por quê? — Ele bufou — Você deve estar louca. Ainda somos namorados, não somos? Ou você me dispensou e esqueceu de me avisar? Ou me trocou por aquele moleque?

— Vá embora. Eu não quero discutir com você.

— Qual é o seu problema, garota? — Ele perguntou arrogante — Você está transando com aquele moleque quatro olhos com cara de idiota?

— Você está louco?

— Ele vive grudado no seu cangote. — Ricardo ajeitou a calça, levantou o zíper e fechou o cinto — Você sabe como ele te olha, e se faz de desentendida.

— Você está sendo ridículo, você sim, está se comportando como um moleque.

— Eu vou embora Monique. — Ele pegou as coisas que deixara sobre o sofá — Se você prefere transar com aquele projeto de cientista, a escolha é sua.

— Que escolha? Em breve nem no Brasil eu estarei, lembra-se?

— Ah, claro que me lembro. E graças a minha indicação você vai iniciar o seu mestrado fora do Brasil. E quer levar o seu novo namoradinho junto, não é mesmo?

— Pelo jeito a sua grosseria está sem limites hoje. E pelo que me lembro, eu ganhei o prêmio que me deu este direito.

— Ganhou porque eu fiz de tudo para que fosse assim. Eu conversei com o senador sobre a premiação. Eu ajudei a escolher a premiada, no caso, você. Sem mim, você é só uma menina estudiosa que poderia ter um grande futuro pela frente.

— Some da minha casa, e não volte mais.

Parece que o que existia entre nós já terminou faz tempo. — Ele suspirou.

— Pois é. E como eu não sou cega, também vejo isso. Mas isso tem mais a ver como você do que comigo, pode ter certeza.

— Você fez uma escolha. — Disse Ricardo — Boa sorte!

Ele abriu a porta, saiu e bateu-a com toda a força.

Eu PODIA OUVIR CADA INSETO que zumbia ao meu redor e tentava me picar, mesmo passando repelente todo o tempo. Eu imaginei como ficaria o Gustavo com aquela pele branca como algodão. A vegetação era diversa e úmida, com um cheiro exótico, mistura de barro, ervas e mato de todos os tipos. A temperatura, que era quente durante à tarde, naquele momento despencava para um frio trazido pelo vento forte entre as árvores. Não era nem seis da tarde e já parecia noite. Eu e Gustavo caminhávamos usando desconfortáveis galochas e carregávamos uma mochila cada um.

A trilha estava bem explicada no mapa que Gustavo trouxera. Ele caminhava na minha frente e carregava algo como um machado pequeno. Já havíamos andado muito e a distância parecia não ter fim. A previsão indicada por Nilton, amigo de Gustavo, era de duas horas de caminhada, mas eu tinha a sensação de estar caminhando há dois dias.

— Olhe Monique. — Gustavo disse ao me apontar uma luminária que parecia estar a alguns quilômetros de distância. — Acho que estamos perto. Faremos o lanche agora, e caminharemos mais um pouco. Vamos ficar no local que ele indicou, no horário combinado.

— Que boa notícia. — Eu suspirei aliviada — O meu corpo está moído, os meus pés doendo e machucados. De onde tirei esta ideia absurda?

Ele me olhou nos olhos e segurou em meu rosto, mesmo na escuridão eu enxergava o brilho em seus olhos claros e atentos.

— Monique, quando chegarmos lá, ao sinal de qualquer problema, fuja. Espere 5 minutos na mata e fuja.

— Não! — Você está louco? Estamos juntos e voltaremos juntos. Se algo der errado ambos seremos prejudicados. Então, ninguém abandona ninguém.

— Me escute! — Ele sussurrou segurando em minha cabeça com calma e aproximou o seu rosto do meu — Olhe pra mim, olhe! — Ele insistiu, enquanto eu desviava o rosto — Não é uma questão de abandono. Se eu for pego ou você, o que fugir chamará ajuda, entendeu? Ou pelo menos vai poder avisar alguém que o outro foi pego, está preso, sei lá. — Ele sorriu — E encostou a sua cabeça na minha.

— Mas chamaremos quem, se este laboratório é secreto? Não podemos deixar o outro sozinho. — Eu cruzei os braços nervosa.

— Não Monique! — Ele disse irritado, como jamais o vira antes — Se for assim voltamos daqui. — Gustavo segurou os meus cabelos, tocou o meu rosto com as costas da mão — Eu não quero que você corra riscos. — Ele sorriu — E tocou meus lábios com a ponta dos dedos — Temos que contar com todas as possibilidades. — Eu quero que me dê a sua palavra. Posso confiar em você?

— Está bem... — Eu disse insegura.

— Eu falo serio Monique, tudo precisa ficar acertado aqui, lá dentro falaremos pouco. Você pega as amostras que achar necessário, os documentos, depois saímos pelo portão 17 novamente, e voltamos pelo mesmo caminho.

— Está certo. — Eu suspirei aliviada — Eu estou pronta. Vamos. — Eu disse, colocando a mochila nas costas novamente.

— Espere. — Disse Gustavo ao segurar em minhas mãos. Ele me olhou e não disse mais nada. Aproximou seus lábios dos meus e me beijou. Como um imã nos atraímos, seu corpo grudou ao meu e sua boca me engoliu num beijo que me deixou em chamas. Eu ouvi sua respiração ofegante. Ficamos ali por mais algum tempo sentindo nosso toque. Seu beijo foi lento, quente e profundo. Até que ele me soltou e evitou olhar em meus olhos diretamente — Vamos, está quase na hora.

Enfim nos aproximamos do portão 17, conferi no relógio e faltava pouco para o horário combinado. Paramos em frente à entrada. O lugar estava deserto.

— Cadê o homem? — Eu cochichei.

A porta se abriu e um homem alto e forte sinalizou com as mãos.

— Este é o sinal. Deixarei a minha mochila aqui, levaremos apenas a sua que tem os tubos. — Disse Gustavo ao esconder a mochila no matagal.

Caminhamos rapidamente em direção ao homem. As luzes eram poucas e o silêncio absoluto. Logo estávamos na porta, senti o meu coração apertar, olhei para Nilton, que imaginava ser mais jovem.

Nilton me cumprimentou ao assentir com a cabeça e permitiu a nossa entrada. Era possível sentir cada batida do meu coração, meus olhos cresceram e o cansaço desapareceu. Estávamos dentro do laboratório.

O corredor por onde seguíamos era estreito e de metal, mesmo com a pouca iluminação enxerguei o meu reflexo deformado enquanto tentava não prestar atenção no ruído causado pelos nossos passos. O longo corredor só nos indicava uma luz fraca bem adiante e foi nesta direção que caminhamos. Percebi que havíamos entrado pelo fundo dos fundos do laboratório.

Nilton vestia camiseta branca e calça verde, o que visivelmente me parecia um uniforme, seus cabelos ou o que restara deles era um misto de grisalho e castanho em torno de uma careca reluzente no centro da cabeça, na mesma cor do bigode bem aparado.

Enfim chegamos a uma sala que estava mais clara. Era bem apertada e fria. Havia um pequeno sofá e uma televisão que aparentava ser de câmeras de monitoramento.

Nilton fechou a porta e me olhou. Depois cochichou com cautela:

— Aqui estão as roupas. — Nilton retirou um saco transparente de trás do sofá e nos entregou.

— Entendido. Até que horas podemos ficar lá? — Gustavo perguntou.

— Vocês têm duas horas, a partir de agora, não mais que isso. — Ele passou a mão no bigode.

— Não se preocupe. Voltaremos neste tempo. — Prometeu Gustavo.

Retirei o avental da embalagem, branco e comprido não tinha símbolos ou nenhuma marca, e era de um material excelente, junto veio uma touca, máscara e óculos.

Nilton indicou o caminho a nossa frente. Passamos por alguns corredores de metal, que segundo Nilton não tinham câmera, após alguns corredores à esquerda e depois a direita eu percebi que havia uma movimentação diferente. Nilton sinalizou com a mão que a partir daquele ponto existiriam câmeras. Mas que ele daria um jeito de apagar as gravações durante o período em que estivemos por lá. Era nosso momento. Estávamos de fato no laboratório secreto.

Do lado esquerdo havia duas bancadas, uma paralela a outra, armários de laboratórios no mais perfeito estado, a conservação e aparência eram impecáveis, tudo enfileirado e organizado como todo cientista gostaria que deixassem para ele iniciar a sua própria bagunça.

Observei cada detalhe da grande sala em que se encontrava um acelerador de partículas. Gustavo apontou uma porta, ao lado da sala principal do grande acelerador de partículas. Eu o olhei com cautela, na porta dizia: *"Fase de experimentação"*.

Entramos na sala. Tirei os óculos, e senti a minha transpiração descer pelo rosto. A sala clara e grandes era circundada por prateleiras de vidro, no fundo tinha dois grandes armários com duas portas de vidro, ao lado um armário menor com as portas de madeira.

— Foco Monique. — Disse Gustavo cochichando — Não estamos aqui fazendo turismo ou excursão escolar, se você for parar em tudo de extraordinário que existe neste lugar precisará passar semanas aqui.

— Bem que eu gostaria.

Continuamos seguindo adiante e passamos por mais uma imensa janela de vidro, na porta ao lado existia uma pequena placa: *"Antimatéria"*, senti um calafrio, se aquilo era o que eu pensava os estudos daquele lugar era como uma bomba relógio sem hora marcada para o boom! Logo em seguida uma porta grande. Escorri as minhas mãos pela porta a procura de uma maçaneta, mas a porta era lisa, o que tinha era um leitor de cartão magnético ao lado.

— Que droga! — Eu disse ao empurrar a porta.

— O que é isso Monique? Quer que nos descubram aqui?

— Precisamos entrar nesta sala. — Eu cochichei. — O que procuramos deve estar aqui!

— Como pode ter certeza?

— Por que eu sei! — Afirmei com convicção. — Intuição. — Passei a mão energicamente sobre o leitor magnético.

— Está bem, não vamos discutir isso agora.

Gustavo olhou por cima da minha cabeça, e em seguida para os lados. Em um impulso me puxou para trás usando uma força brutal que eu não pensei que ele tivesse.

— Espere! Aonde você está me levando?

— Cale-se! — Ele respondeu irritado — Pare de falar. Venha atrás de mim em silêncio, por favor. — Gustavo olhava para o corredor a nossa frente. Eu caminhava atrás dele, e percebi quando uma mulher caminhava em nossa direção e parou exatamente ondei íamos entrar.

Quando a mulher se aproximou da porta, Gustavo deu suaves batidas no bolso e fez um gesto como se estivesse perdido algo.

— Não se preocupe. — Disse a mulher — Eu uso o meu. — Ela passou o cartão no leitor e eu ouvi o som da alegria, a trava se abrir.

Gustavo esticou a mão como se indicasse para que ela entrasse a sua frente, ela agradeceu e entrou. Ele segurou a porta e fez sinal para que eu entrasse também.

Assim que entramos a mulher foi até o fundo e entrou sem olhar para trás em uma outra sala à esquerda. Em poucos minutos ela retornou. Estava sem a roupa de laboratório, com a blusa aberta destacando os seios em um lingerie de tirar o fôlego.

— Pensei que não viesse mais me visitar. Sinto-me muito só aqui, Eduardo. — Ela disse enquanto deslizava as mãos pelos seios.

Gustavo pigarreou.

— Quem são vocês? — Ela se interrompeu ao erguer a cabeça. — Fechou com dificuldade dois botões de sua blusa — O que fazem aqui? — Ela correu até uma mesa no canto da sala e apertou um botão vermelho, pegando em seguida um radiocomunicador que estava sobre a mesa. — Intrusos! — Ela gritou. — Pessoas não autorizadas no laboratório. Socorro!

Nem sinal de resposta. O rádio estava fora do ar e o botão vermelho não surtiu efeito algum. Gustavo olhou para a campainha no alto da sala, com a indicação de alarme. Silêncio total.

A mulher, enfurecida puxou a touca de Gustavo deixando livre os seus cabelos e seu rosto.

— Quem são vocês? Em seguida ela se abaixou e pegou uma barra de ferro que ergueu em direção ao Gustavo. Ela o encurralou na parede ao fundo da sala, esquecendo completamente da minha presença. Em silêncio retirei um extintor da parede, me aproximei e a ataquei na cabeça.

— Monique o que você fez? — Perguntou-me Gustavo desesperado.

— Eu te salvei. — Respondi ao colocar o pequeno extintor no chão. Que mulher louca!

— Você pode ter matado essa mulher, sabia?

— Ela está bem. — Eu já conferi o pulso. Só desmaiou. Agora vamos ter que tirar ela logo daqui, antes que acorde. Precisamos continuar nossa busca e temos pouco tempo.

Antes de vasculhar decidi me certificar de que aqueles corredores, àquela hora da madrugada estavam realmente vazios, sem contar que aquele vidro na janela me causava uma insegurança inexplicável.

Começamos a vasculhar as bancadas e gavetas. Muitas coisas interessantes. Muitos experimentos dos quais eu já ouvira falar ou que reproduzimos na faculdade.

— Monique, vem olhar isso! — Posso estar errado, mas tenho quase certeza de que este é o seu projeto. Olhe você mesma. Vem cá!

— Sim, você está certo. Este é o meu projeto, Gustavo. Onde você encontrou isso?

— Encontrei neste gaveteiro. E tem mais, tem uns documentos aqui. E em um deles está escrito que a sua pesquisa é um fragmento de uma pesquisa extensa... — Ele me olhou preocupado — Na verdade, pelo que estou vendo aqui, é a continuação do projeto do seu pai.

Eu engoli seco, olhei para o papel e estava claro. O documento mencionava os estudos relacionados a sala, e o seu princípio havia sido desenvolvido por meu pai e seus amigos cientistas, tudo que existia naquela sala estava voltado para o projeto desenvolvido por eles.

— Mas o que é esta pesquisa? Este projeto? — Eu perguntei como se ele pudesse me responder — Para que exista uma sala particular para guardar estudos sobre esta fórmula que nem meu pai, muito menos eu, conseguiu explicar?

— É isto o que precisamos descobrir. Tudo está ligado a fórmula secreta, a partir disso que tudo se inicia.

— A minha pesquisa excluiu a fórmula, você sabe disso. Não tenho respostas pra ela.

— Sim, mas o que você estudou está ligado a fórmula... O que a motivou a estudar isso?

As palavras de Gustavo fizeram paralisar minha voz, meu corpo e mente. Senti algo como uma tontura, um gelo no estomago e uma sensação de angústia. Voltei em meus pensamentos nos primeiros anos de faculdade, na gentileza excessiva de Ricardo, suas sugestões quanto as minhas pesquisas e a sua insistência pelas especificações. Suas orientações sempre por um mesmo caminho. Divagava pelas lembranças; os estudos que Ricardo me sugeria. Seu interesse pelas minhas pesquisas que se tornaram mais próximas ainda quando começamos a namorar...

— Tem umas anotações aqui que eu quero que veja, Monique. — Disse Gustavo revirando outros papeis. Ele virou-se e me entregou um pequeno caderno espiral de capa preta.

— Na verdade eu sei onde está o que eles querem, mas não sei o que é. — Sussurrei — Eles querem algo do laboratório do meu pai, eu tenho certeza disso. Talvez meu pai tenha sim decifrado aquela fórmula antes de morrer. Talvez seja isso o que eles querem.

— Sabe, Monique, não é nada pessoal, mas existem verdades que ultrapassam aquilo que somos. Eu preciso te contar algo importante. E acho que este é o melhor momento.

— Diga de uma vez Gustavo, pare de enrolar... O que você quer me dizer?

— Eu...

— Abram! Abram! — Veio o grito da porta — Olhei e vi que era Nilton. Ele entrou na sala com as mãos trêmulas.

— Corram! Sumam daqui! Fujam pelo outro corredor, aquele que te indiquei no planejamento de fuga, Gustavo.

— Mas o que aconteceu? — Eu perguntei nervosa.

— Cale a boca Monique! Vamos agora! — Ele segurou na minha mão, em dois segundos carregava a mochila e saiu me puxando.

— Ainda não vimos tudo!

— A festa acabou Monique! Você não entendeu?

Gustavo segurou firme em minha mão, a julgar pelas palavras e o nervosismo de Nilton, estávamos mesmo encrencados. Seguimos na direção em que Nilton indicou e andávamos a passos rápidos por um setor desconhecido, não tínhamos passado antes por tantas salas de portas brancas e fechadas. Continuamos até que reconheci o corredor de metal, a saída estava próxima. Gustavo acelerou o passo, e logo que entramos no caminho do corredor ouvi soar o alarme. Gustavo olhou para trás com os olhos arregalados.

— Eles vão nos pegar!

— Entre aqui! — Ele me disse e me empurrou para o que pensei ser um beco.

— O que é isso? — Eu indaguei me apertando pra entrar em algo como um fundo falso na parede ao lado do tubo de ar.

— Fique ai! E não diga mais nada...

— Venha comigo! Cabemos nós dois aqui.

Gustavo entrou e me empurrou o máximo que pôde. Eu me encolhi, ele tinha que caber naquele lugar, mas não coube. Gustavo abriu novamente o fundo, e a claridade tomou o lugar.

— O alarme parou, Gustavo. Eu estou com medo. Seremos pegos.

— Preste atenção. — Ele sussurrou na minha boca e passou as mãos na minha cabeça alisando os meus cabelos. — Não faça nada que possa te prejudicar.

— Fique comigo aqui Gustavo. — Eu disse com os olhos suplicantes — Nos entregaremos juntos e negociaremos, se a gente ficar juntos será mais difícil de...

— Você não sabe o que diz Monique. — Ele me olhou seriamente, e em seguida beijou a minha boca — Agora fique quieta. — Disse ele me ignorando — Eu sei o que estou fazendo, eles não farão nada comigo.

— Como pode ter certeza disso?

Gustavo calou-se, me empurrou até ter certeza de que eu estava dentro do fundo falso, jogou a mochila em cima de mim, colocou a placa e me fechou lá dentro.

— Espere eles saírem, todos irão por onde entramos, aí será o momento de fugir, pegue a mochila e fuja pelo outro lado que te indiquei. — Ele sussurrou.

Eu abri a porta devagar, senti o sereno gelado da madrugada que terminava, e as nuvens iniciando o tom cor de rosa sinalizando que logo o dia amanheceria. Decidi que fugir ainda no escuro seria muito mais fácil que à luz do dia.

Corri por um tempo sem rumo, quando minhas pernas começarem a doer, o dia já estava claro. Passei então a caminhar e tentar estabilizar minha respiração, quando um barulho diferente chamou minha atenção. Sentia muita sede e fome. Segui em direção ao barulho que a cada momento se tornava mais alto, ainda antes de avistar o que era, intuí que era uma queda d'água. Mas alguns passos e avistei a cachoeira. A queda era alta e a água cristalina.

Caminhei em volta da cachoeira, procurei um lugar seguro para lavar o meu rosto e beber um pouco de água. Depois de encher as minhas garrafas e repor ao máximo de liquido em meu corpo, comecei a pensar em como sair dali.

Olhei para o alto e senti o meu estomago sorrir, a bananeira estava repleta de cachos, umas mais verdes e outras mais amareladas, mas de qualquer jeito deviam estar saborosas. Tirar as bananas de lá talvez fosse uma missão impossível, o meu estomago roncou mais alto e eu tive certeza de que precisaria dar um jeito naquilo.

Logo alguns macacos saltitantes começaram a fazer um barulho insuportável ao redor, minhas pernas tremeram, e em seguida o corpo todo, não consegui tirar os olhos daquela dança estranha que eles faziam de galho em galho. De repente, algo tocou em minha mão. Gritei o mais alto que pude.

— Quem é você? — Dei um pulo para trás. A criança me olhou desconfiada.

A menina aparentava ter entre oito ou dez anos, olhos esticados e cor da pele avermelhada. Ela não respondeu. Seus olhos eram doces e desconfiados. Ela fez um gesto estranho e saiu andando. Eu a segui sem que trocássemos uma palavra.

Alguns minutos depois, avistei a imensa aldeia. Me examinavam minuciosamente, alguns poucos ameaçaram me tocar, me olhando o mais próximo possível. Um senhor mais velho se aproximou, balbuciou algumas palavras que eu não entendi. O tal homem chamou outro, mais jovem.

— Oi. — Disse o jovem indígena.

— Você fala a minha língua? — Eu perguntei.

— Um pouco. — Ele sorriu.

Sem que eu pedisse, me ofereceram o que comer. Depois ele me orientou a ficar até o entardecer, alegou que seria um bom tempo para os que me perseguiam não me cassarem mais, e principalmente para baixar a maré do rio.

— Notei a presença de uma jovem. A moça tinha os olhos pintados e um corpo jovem e saudável coberto apenas nas partes intimas. Ela se aproximou com um caneco de barro, disse umas palavras estranhas com uma fala rápida.

— Não entendi. — Eu respondi como uma idiota.

— Ela é a mais recente moça da tribo, o seu ritual foi há pouco tempo. É de boa sorte que a mulher mais jovem da tribo entregue algo para visita. — Explicou o meu tradutor.

— Que bom! — Obrigada.

A moça disse muitas palavras seguidas depois que eu lhe agradeci, mas não me entregou a vasilha.

— Ela disse que você parece fraca. Ela fará um chá de *sumaumeira*, é uma arvore muito forte, o liquido para preparar o chá é encontrado dos galhos e tronco, e não nas folhas como a maioria dos chás que você conhece, quanto mais seco os galhos, maior o seu poder. Ela tem o poder de revitalizar o corpo por dentro. Vai te ajudar.

— Diga à ela que eu agradeço muito.

Tomei o chá enquanto a moça me observava, ela parecia se deliciar com a minha degustação, seus olhos eram inocentes e curiosos, sorrimos uma para a outra, senti o meu mundo pequeno diante do seu olhar.

Olhei que o líquido na vasilha, era verde e o seu gosto pouco adocicado, muito forte assim que tocava na língua e finalizava amarrando até descer quente pela garganta.

Respirei fundo. Fiquei por ali, olhando aquelas pessoas, as crianças brincando livres. Era como se humanos e natureza fosse uma coisa só. Até que o jovem índio me disse que aquela seria a melhor hora para sair.

Dois índios ainda mais jovens, crianças ainda, me guiaram pela mata até uma saída onde já era possível avistar a cidade. Me despedi. Era hora de voltar pra casa.

Depois de dormir por quase vinte e quatro horas, sentia o ranger dos meus ossos ao me espreguiçar, não conseguia decifrar em mim o alívio por estar em casa, meus olhos não queriam abrir mesmo acordada e não aguentando mais ficar na cama, mas meu corpo reclamava cada centímetro em que se encontrava nervos, ossos e pensamentos.

A primeira coisa a fazer era tentar saber de Gustavo, o que haveria acontecido com ele.

Em poucos minutos estava na Universidade. Eu sabia que era dia de aula do Gustavo. Só não sabia ainda exatamente o que fazer. Fiquei por ali, caminhando pelos corredores, por perto da sala onde sabia que Gustavo teria aula, se ele estivesse lá. No horário do término das aulas, acompanhei a movimentação das pessoas e dei de cara com Ricardo.

— Monique!

— Olá Ricardo.

— Estou surpreso em lhe ver. — Ele afrouxou a gravata — Pensei que não a veria nunca mais. Bem, mas sei que você não tem mais aulas por aqui... então, me diz, o que a trouxe de volta a universidade?

— Eu devia denunciá-lo à polícia, Ricardo... — Falei com tranquilidade.

— Como? — Ele iniciou um riso arrogante — E por quê?

— Você tentou me atacar, Ricardo. Não lembra mais?

— Eu não fiz nada. Pra mim você ainda era minha namorada naquele momento.

— Mas por enquanto vou deixar isso pra lá, afinal, você estava bêbado não é? De qualquer forma, imagino que isso seria péssimo para a sua carreira política. — Ricardo me olhou em silêncio — Mas na verdade, quero falar com você sobre outra coisa. Quero te fazer uma pergunta. O que você sabe sobre o laboratório de Manaus?

— O quê? –Do que você está falando Monique?

— O laboratório de Manaus! — Eu sorri — Vai me dizer que não sabe da existência de um laboratório secreto das forças armadas brasileiras em Manaus, e seus experimentos?

— Minha querida. Acho que você anda assistindo muitos filmes de ação.

— Ah é? Pois eu estive lá!

— Pirou de vez? Esteve em um lugar que não existe? Diga Monique, o que você quer? Você não veio até aqui para me contar historinhas de lugares fantasmas, não é mesmo?

— Não mesmo. Preciso que me ajude a descobrir o que aconteceu com Gustavo.

— O seu amiguinho bobo?

— Estivemos no laboratório em Manaus... Eu e o Gustavo. E ele não voltou!

— Olha, Monique, desculpe, eu tenho mil compromissos e não tenho tempo para essas brincadeiras de criança. — Ricardo disse com frieza.

— Eu sei que você tem contato com o laboratório de Manaus, Ricardo! Eu estive lá e vi minhas pesquisas naquele lugar. Como poderiam ter ido parar lá? Pesquisas que você fez questão que eu realizasse.

— Digamos que eu soubesse desse laboratório, e que eu até tivesse indicado suas pesquisas. — Respondeu ele com um cinismo além do permitido — Mas o que eu poderia fazer pelo seu amigo?

— Eu não sei por que eu vim até aqui.

— Nem eu!

— Pensei restar o mínimo de humanidade em você! Mas me enganei.

— Eu me enganei quanto a você também, Monique. Achei que era uma mulher inteligente e é só uma criança brincando de ser cientista. E sobre o seu amigo, eu não sei nada sobre ele e nem quero saber. Nem tenho tempo pra isso.

— Ricardo, eu estou falando sério. O Gustavo pode estar em perigo. Você tem influência, pode me ajudar a saber do paradeiro dele. Resolver isso rapidamente. Quem está sendo criança agora é você, com esse ciúme besta.

— Você acha mesmo que eu tenho ciúmes daquele moleque?

— Eu achava isso até ver este seu ar indiferente, acho que entendi tudo errado mesmo... Desde o começo da nossa relação.

— Todos nós nos enganamos, isso acontece.

— Preciso ir. — Respondi rispidamente, antes de virar as costas. Ricardo me segurou pelo braço.

— Até o seu amigo te enganou.

— Do que você está falando?

— O seu amiguinho mentiu para você.

— O que você quer dizer?

— Procure saber melhor com quem andas e em quem confia. Tchau.

Saí da faculdade e fui direto para a casa do Gustavo. Precisava entender o que de fato existia naquilo tudo. Como era possível Gustavo ter me enganado, se nos conhecíamos há tanto tempo, se estudamos juntos muitas vezes, se tantos amigos diziam que ele era apaixonado por mim, se até a chave do seu apartamento eu sabia onde ficava, embaixo de qual dos três vasos ele escondia.

Peguei a chave, que estava no lugar de sempre, e entrei. Olhei superficialmente para a bagunça na casa. Olhei na estante onde estava a televisão e o vídeo game. Abri alguns armários. Aparentemente tudo normal, além da bagunça de sempre. Encostei no sofá e relaxei, senti o meu corpo se esparramar de forma confortável, deixei a minha cabeça cair para trás, respirei e voltei a cabeça para frente. Vi um envelope sobre a mesa da sala. Abri. Li. E saí dali direto para o endereço do envelope.

Bati com muita força na grande porta de madeira maciça com desenhos que molduravam figuras do século XIX, um requinte inegável. Um homem abriu a porta.

— Aguardam a senhorita no escritório.

— E onde fica? — Eu perguntei ansiosa.

Logo o mordomo me levou até o escritório, parei em frente uma grande porta de decoração nobre, o mordomo inclinou completamente o corpo, e como se apresentasse um espetáculo, anunciou com voz firme:

— Aqui está a moça que foi anunciada pela portaria.

— Fui entrando sem me dar conta da cadeira virada para a janela ao fundo da sala, de costas pra mim. O mordomo pediu licença e encostou a porta por fora.

— Eu não sei bem por onde começar. — Eu suspirei, logo ao entrar — Senador Gregório, eu gostaria de conversar com o senhor, fazer algumas perguntas...

— Não precisa. — Disse uma voz familiar que surgiu de trás da cadeira, ao girar em minha direção.

— Não é possível! Gustavo!? — Eu perdi o folego.

— Sou eu Monique.

— Você... — Eu me interrompi — Você está bem?

— Sim, estou bem. O senador me tirou de lá... Ou melhor... Meu pai...

Gustavo baixou a cabeça e voltou ao silêncio.

Examinei com cautela as expressões de meu amigo. Ainda calada saí da sala a passos rápidos, ouvia o som do meu salto ao tocar no piso da mansão, os toques me batiam na alma como pregos que me feriam sem me tocar, a sensação latejava em meu corpo.

Diante dos últimos acontecimentos não seria difícil acreditar que passei a noite em claro, os pensamentos torturantes não me deixariam dormir mesmo. Eu não aceitava ter me enganado dessa maneira. Tantos segredos e ideias que havia trocado com Gustavo, sabia que seria uma questão de tempo até o exército bater em minha porta em busca da tal fórmula.

O tumulto que se encontrava minha lavanderia definitivamente não era o que a minha mãe esperava de uma moça prendada, como costumava dizer. Certa de que não poderia continuar com aquela microprodução do lixão na minha área de serviço, iniciei o processo de separar roupas, encontrei o macacão que usei no laboratório, havia colocado na mochila durante a minha passagem pela aldeia indígena, e havia me esquecido dele até aquele momento. Lembrei-me de Gustavo, eu tinha a sensação de que viriam atrás de mim, à esta altura meu ex-amigo já deveria ter contado tudo o que sabia para o senador.

Vasculhei os bolsos do macacão depressa, além de areia, algumas espécies de plantas e muito barro e sujeira, encontrei um pequeno caderno. Veio à mente o exato momento em que Gustavo me entregou aquele caderno. Decidi que examinaria folha por folha tais anotações.

As anotações direcionavam os passos iniciais da pesquisa, sua evolução e a importância da fórmula secreta.

Em poucos minutos batia na porta de dona Bete.

— Oi mãe, está tudo bem?

— Não muito. — Ela respondeu entre os dentes — Os militares estiveram aqui novamente.

— Mesmo? Quando? — Eu perguntei antes de entrarmos na casa.

— Faz dois dias. — Ela suspirou — Eu não disse nada por que pensei que estivesse viajando ainda.

— Sim, eu estava. E o que eles fizeram, o que queriam?

— O mesmo de sempre. Vasculharam o laboratório e só. O problema é que estão vindo com mais frequência.

— Mãe, o que de fato aconteceu depois da morte do meu pai?

— Logo que o seu pai foi internado eles ficaram aqui, davam plantão todos os dias...

— Espere! — Eu a interrompi bruscamente. — O meu pai ficou internado? Mas ele não sofreu um infarto?

— Sim. Mas ele não morreu na hora. — Ela me olhou desconfiada.

— Mas eu me lembro da senhora ter dito que ele tinha ido viajar e quando voltou sofreu um infarto, e morreu...

— Sim, ele estava viajando a trabalho quando sofreu o infarto. — Notei a sua testa transpirar e a voz alterada.

Eu engoli seco.

— Como isso mãe!?

— Eu não sei o que houve.

— A senhora está me dizendo que o exército trouxe o meu pai morto para a casa?

— Não! — Respondeu minha mãe convincente — Ele estava vivo, eu conversei com ele e tudo. Eles disseram que ele teve um problema de saúde durante uma das experiências. Disseram que ele devia estar com algum problema de saúde, e que isso causou o infarto.

— E depois, quantos dias ele permaneceu vivo?

— Ele ficou mais quatro dias com vida. — Ela me olhou com tristeza — Ficou internado no hospital do exército, eu fui visitá-lo todos os dias, e na última visita me falaram que ele não tinha resistido.

— Entendo. Os três cientistas morreram nas mãos dos militares então... — Eu pensei em voz alta.

— Ao que tudo indica sim. Mas no caso do seu pai, o moço da aeronáutica me trouxe o papel que dizia que ele sofreu realmente um infarto.

— Sim mãe, mas o que provocou isso? — Eu me perguntei num sussurro.

— Pare de procurar encrenca Monique!

— Mãe, para de negar o obvio! Onde está Sophia?

— No quarto dela, vou chamar.

Assim que minha irmã chegou fui direta:

— Escute bem Sophia! O que temos aqui é algo muito sério. Já foi dito sobre os militares. E preciso te avisar que a casa está repleta de escutas e os militares nos ouvem o tempo todo!

Sophia me olhou assustada.

— Mas eu pensei que isso das visitas fosse comum, já havíamos conversado sobre isso.

— Sim. — Eu respondi rispidamente — E você parece que ainda não entendeu.

Sophia calou-se, a sua expressão tão alegre aos poucos desmanchou-se em uma rusga de preocupação, os seus olhos se abriram além do normal.

— Eu não pensei que isso fosse tão grave. — Comentou ela.

— Mas é! — Eu suspirei — Ou você acha mesmo que eu sou louca a ponto de inventar algo assim? — Eu a olhei nos olhos — Precisamos nos unir. Prestem atenção: eu vim aqui atrás do que os militares querem. Eles estão em busca de algo que eu ainda não sei o que é, mas é algo muito importante e eu sei onde está.

— O quê? — Perguntou minha mãe ao me interromper. — São drogas ou bombas?

— Não sei mãe! Vocês não conseguem escutar quietas, não conseguem absorver as coisas. Só querem perguntar, perguntar!

— Mas é logico! — Como faremos algo para ajudar sem saber do que se trata?

Era incrível como a ingenuidade das duas me irritava. Mas percebi que dona Bete tinha razão, ambas não poderiam fazer muito por mim sem saber de nada, e ao mesmo tempo não poderiam saber muito, aliás, nem eu sabia ao certo do que falava.

Olhei para as duas e resolvi dizer apenas o que deveria saber alguém na posição de vítima, o essencial, o restante era desnecessário, e serviria apenas para colocar em risco a vida das duas.

— Isto é muito sério. — Eu olhei para os lados — Não me façam perguntas e nem me interrompam. Eu não vou dizer nada além do que precisam saber. Eu sei onde está o que eles querem. — Eu cochichei — Vou pegar no laboratório e fugir daqui, e vocês não vão me ver tão cedo.

— Você está louca! — Gritou minha mãe desesperada.

— Mãe não faça eu me arrepender de ter confiado na senhora. — Respondi com segurança — Vamos encarar a realidade, não há o que fazer.

Dona Bete calou-se, os seus olhos tornaram-se melancólicos.

— Foi assim que o seu pai saiu daqui. Ele também dizia que sabia o que estava fazendo.

— Não acontecerá nada de ruim mãe! Eu garanto. — Prometi de modo irresponsável.

— Você não pode garantir nada, ninguém pode. — Disse Sophia.

— Mas não temos escolha, ou é isso ou viveremos sob ameaças, ainda mais... — Eu me interrompi ao lembrar-me de todos os últimos acontecimentos. Talvez minha mãe e Sophia enxergassem várias soluções, mas elas não sabiam a metade do que havia acontecido.

— Espere! — Disse Sophia com certa excitação — Preciso te contar um fato inusitado que aconteceu aqui enquanto estava viajando.

— Então diga logo.

— O Ricardo esteve aqui. Ele veio pediu para entrar no laboratório do papai. — Relatou Sophia com uma tranquilidade irritante.

— Mas por que você permitiu? — Eu indaguei incrédula.

— Ele não é seu namorado? E seu professor nestas pesquisas todas? Por que eu não deixaria?

— Ele é um canalha, isso sim. Mas este é outro assunto. E o que ele queria?

— Nada demais, disse apenas que gostaria de ver algumas fórmulas, e que seria rápido. E ele foi muito rápido mesmo.

As palavras de Sophia soaram como um sino em minha cabeça, logo me veio a possibilidade de Ricardo ter encontrado a fórmula, a julgar pelo modo que me tratou em nossa última conversa era perfeitamente possível, tantos sacríficos por nada.

Corri até o laboratório, olhei para todos os lados tentando identificar em que lugar poderiam estar instaladas as câmeras. Ciente do pouco tempo que tinha, direcionei meu olhar para debaixo do armário, mais precisamente no assoalho que eu sabia era uma espécie de esconderijo secreto.

Arrastei o armário o mais rápido que pude, para que a parte que me interessava ficasse a mostra, me agachei. Empurrei o assoalho do jeito que o meu pai fazia, abri rapidamente puxando a ponta encostada do lado da parede. Uma luz se fez no vácuo, os meus olhos brilharam como cintilantes iluminados por gotas de satisfação, senti orgulho de mim e do meu pai. Era surreal. Olhei o pequeno frasco dentro do fundo falso, estava protegido por um pano branco. O tubo de ensaio não era comum como os que eu estava acostumada a ver, parecia muito mais forte e resistente, como eu vi em meu sonho. Havia uma trava de metal no centro, senti como se eu o avistasse nas mãos do velho José Carlos. Segurei e vi o líquido verde preso dentro do frasco. Antes de fechar o compartimento secreto, percebi um papel no fundo falso. Eu estava de posse da fórmula secreta.

Segui direto para a Universidade, fui para o laboratório de física, precisava me certificar dos lugares com câmeras do campus, quero dizer quase todos os cantos! Precisava examinar aquela fórmula com calma e não existia outro lugar para fazer isso não fosse no laboratório. Mas precisava ser rápida, para me livrar logo daquela "bomba". Peguei uma amostra e a coloquei em um pequeno tubo disponível no laboratório, guardei no bolso.

Fui para o meu armário peguei o tubo de ensaio, o coloquei lá por um instante. Em seguida olhei ao meu redor, pensei como aquilo era obvio demais, se alguém estivesse me seguindo seria como tirar um doce da boca de uma criança. Decidi que daria mais trabalho aos canalhas. Assim como fez meu pai, eles precisariam fazer bom uso das forças armadas para vasculhar todos os lugares da Universidade.

Entrei no setor de esportes, onde também ficava os vestiários feminino e masculino, no mesmo prédio também se encontrava a sala de troféus, a quadra poliesportiva e a piscina olímpica. No prédio vizinho ficava a biblioteca, o salão de exposições, o ateliê de artes e a sala da reitoria. Eram muitos os lugares que eu poderia esconder o frasco, não podia ser um lugar simples, precisaria ser discreto e seguro, sem que as pessoas tivessem livre acesso.

Precisava calcular as ações de forma racional. Ergui a minha cabeça e respirei fundo, olhei a minha volta, e enfim sorri. Havia encontrado o esconderijo perfeito.

Saí de lá o mais rápido que pude e fui para casa. Precisava de um bom banho, trocar de roupa e pensar no que fazer.

Ainda me vestia quando ouvi a companhia soar e me assustei num sobressalto. As possibilidades de visitas me estremeceram dos pés à cabeça, vesti-me em uma velocidade incrível, em poucos segundos estava na porta pensando que vieram mais cedo do que imaginava. Quando abri a porta, tomei um susto.

— Olá. O que você faz aqui? — Perguntei embaraçada.

— Como vai Monique? Posso entrar? — Perguntou Leandro com a voz suave.

— O que você faz aqui? O que quer?

— Calma! Quantas perguntas. Eu quero te ajudar. — Sua voz tinha certa doçura irritante para os meus ouvidos.

— Eu imagino que sim.

— Eu não te fiz mal algum, não tenho culpa se o Gustavo foi um covarde e não lhe contou nada sobre ser filho do senador Gregório. Por sinal, eu nem sabia que vocês eram amigos. E pra não cometer o mesmo erro que ele, devo te contar logo que o Gustavo é meu irmão e o senador é meu pai.

— E eu sou uma idiota, é isso que você veio me contar no final de tudo? — Ironizei — Por sinal, você não está fardado hoje?

— Não. Não estou trabalhando. Estou aqui como amigo. Não posso pagar pela covardia do meu irmão.

Reparei com calma e mais atenção em Leandro, e percebi claramente os traços de Gustavo, o jeito era muito parecido. Mas Leandro, além de mais velho, era também mais alto, mais forte e muito mais bonito. Ainda assim, sua presença me irritava, e minha vontade era de jogar todos os meus objetos pesados e cortantes para que ele jamais voltasse a me procurar. Sentia como se todos me enganassem o tempo todo, já não enxergava mais o limite entre o que era verdadeiro ou o que fazia parte de uma conspiração que até o momento eu ainda não havia entendido, sabia apenas que alguma coisa existia.

— Você, o Ricardo, o seu irmão, o seu pai... Quantos mais estão envolvidos nisso? Por que estão me enganando este tempo todo? O que querem de minha família? — Eu tentava não surtar.

— Não é bem assim, eu não estou aqui para lhe enganar. Olha, eu não sei o que o meu irmão pretendia. — Disse Leandro interrompendo as minhas lágrimas — Mas penso que ele não deveria ter mentido pra você, ou escondido quem ele era.

— Todos vocês mentem! O tempo todo!

— Isso não é verdade!

— COVARDES! — Eu gritei descontrolada.

— Eu não sou isso! — Leandro veio em minha direção. Suas mãos seguraram em minha cintura de forma segura, num primeiro momento pensei em parar e o empurrei furiosa. Ele me puxou com força, segurou em meus cabelos por debaixo da nuca, e os acariciou enquanto se aproximava. Exalava um perfume delicioso, e suas mãos eram macias. Seu rosto encostou no meu e de repente ele se virou já encostando sua boca na minha. O calor da minha raiva começou a se espalhar por meu corpo inteiro. Sua respiração ofegante aqueceu mais o meu corpo, seu beijo era delicioso e as minhas pernas relaxaram, senti força ao prender seu corpo a mim. O suor passou a percorrer meu corpo. Não queria mais deixar de sentir aquele beijo. O corpo dele se envolveu no meu em uma velocidade alucinante, e sem pensar em nada senti sua pele quente, coloquei a mão por dentro da sua camisa e o prazer inebriou os meus sentidos. Ele arrancou a camisa e eu fiz o mesmo. Tiramos as roupas apressados como se naquele momento nada mais existisse, nada mais importasse. Sentei sobre seu corpo no sofá e senti um arrepio delicioso quando ele entrou em mim, de uma maneira que eu nunca havia experimentado antes. Por alguns instantes nada além de estar ali me passou pela cabeça, e só quando explodimos num gozo único, é que me dei conta de onde estava. Eu nunca havia experimentado aquela sensação, não daquele jeito.

Alguns minutos depois, me dei conta de que havia adormecido nos braços de Leandro. Ele sorriu. Levantamos e eu preparei alguma coisa pra gente comer. Abri uma garrafa de vinho e ficamos conversando sobre a vida, sobre nós, como se nada estivesse acontecendo fora dali.

Depois que Leandro saiu da minha casa, sem continuarmos as conversas sobre os fatos que realmente importavam naquele momento, apesar de toda minha aparente segurança eu sabia que precisava correr contra o tempo, mas o que me intrigava mais do que qualquer outra coisa, mais ainda do que o próprio Leandro, era Gustavo.

Enquanto arrumava minhas coisas, pensando no que fazer dali em diante, percebi uma movimentação estranha, não sei explicar o que, mas algo me disse que a atmosfera não estava normal.

Saí de cassa e fui até o apartamento de Gustavo. Bati na porta por teimosia e ele apareceu.

— Podemos conversar?

— Sim. — Ele respondeu ao abrir a porta e sinalizar com a mão para que eu entrasse.

Entrei desconfiada, olhei para os lados na tentativa de reconhecer algum sinal de mudança. Notei que as cortinas estavam abertas, e que a claridade do dia entrava livremente pelas duas janelas.

— Eu quero entender o que está acontecendo. Por que não me disse que era filho do senador Gregório? Por que não me disse quem você era e o que você queria comigo este tempo todo? Por que você ficava repetindo que não confiava no senador e no Ricardo?

— De que adiantaria?

— Conte a ela o que você esconde Gustavo. — Veio a voz grave do quarto interrompendo os meus delírios.

— Leandro?

— Sim. — Ele sorriu e caminhou em minha direção — Saudades de você. — Mal nos despedimos e eu já estava com saudades. — Leandro beijou meu rosto. E em seguida olhou para Gustavo.

— Não se meta Leandro, eu resolvo as coisas com a Monique. Ela já estava de saída.

— Não. Eu não estava de saída. — Cruzei os braços. — Agora mais do que nunca quero saber o que está acontecendo aqui.

— Quer sair da minha casa, Monique. E você também, Leandro. Eu não quero mais saber dessa história. Este assunto já causou confusão demais na minha vida. Vá embora, por favor.

— Você é um nojento! — Eu gritei. — Como eu pude me enganar com você Gustavo!

— Não me importa o que você pensa. — Ele retrucou — Saia daqui, e, por favor, não volte mais na minha casa.

— Espere Monique! — Disse Leandro.

Saí da casa do Gustavo a passos rápidos, quando percebi Leandro atrás de mim.

— Não fique chateada com o meu irmão. O meu pai o pressiona muito com os estudos e as pesquisas.

— Mas isso não tem nada a ver com a nossa amizade de tanto tempo. Ele não foi leal comigo.

— Eu te entendo. Mas tente ver o lado do meu irmão. O meu pai sempre foi muito severo conosco. — Ele suspirou — Ele está pressionando o Gustavo, são muitas cobranças... E depois de Manaus...

— O que você sabe sobre Manaus?

— Eu sei apenas que existe um laboratório em algum lugar daquela mata. Nada além disso.

— Mas você está no exército, deveria saber mais. Quem mais está envolvido nestas pesquisas?

— Eu não sei bem. Mas desconfio que pessoas da aeronáutica tenham envolvimento com muitas pesquisas. Eu não sei de quase nada, juro. Mas podemos descobrir juntos. — Ele se aproximou de minha boca e me beijou.

Eu o olhei intrigada.

— Mas o que o seu pai tanto exige do Gustavo?

— Ele quer que o Gustavo pesquise uma fórmula específica. Na verdade, meu pai exige coisas de nós o tempo todo, e se não cumprimos ele nos tira algumas regalias. — Ele sorriu ironicamente — Sempre foi assim. Eu soube que ele exigiu do Gustavo uma pesquisa muito complicada nos últimos tempos. E meu irmão não aceitou. Este é um dos motivos que fizeram Gustavo sair de casa. Assim como a minha mãe, que preferiu se separar e viver uma vida modesta, a suportar a opressão do velho. Meu pai acha que todo mundo deve servi-lo o tempo todo, do jeito que ele quiser.

— Não deve mesmo ser agradável alguém querer ser dono das nossas vontades.

— Isso é péssimo, você não imagina como. — Leandro me abraçou — Até comigo, ele gostaria que eu estivesse em outras áreas na Aeronáutica, não aonde eu gosto de atuar, mas onde ele acredita que eu pudesse melhor servi-lo.

Mas eu não quero falar sobre isso, o que eu quero mesmo, neste momento é estar com você. — Ele afirmou ao me abraçar. — Quero confiar em você e quero que você confie em mim. — Leandro soltou rapidamente a minha cintura e me olhou — Não me castigue pela fraqueza de meu irmão, e pelas pretensões do meu pai. Eu já fiz muitas coisas a pedido do meu pai, mas não colocaria ninguém em risco, nem eu mesmo. Já ajudei em campanha, já viajei para resolver problemas dele. Já auxiliei em pesquisas e até na relação e no trabalho dele com o Ricardo. Acho que como tenho algum tempo livre durante as minhas folgas, ele me pedia favores que eu fazia sem questionar, querendo ajudar mesmo. Nada demais. Mas agora eu quero mesmo ajudar você. É só você confiar em mim e me dizer como eu poderia ajudar.

— O que eu quero descobrir neste momento, antes de tudo é algo que envolve o meu pai e as pesquisas dele... Na verdade estou desconfiada de que ele foi morto por isso. Acredito que descobrindo esta história, poderei entender todo o resto.

— Mas isso é muito sério. Por que alguém o mataria, do que se tratava as pesquisas do seu pai?

— Eu ainda não sei ao certo. Assim como não entendo essa sensação de que posso confiar em você. Mas confio. Tenho segurança com você. — Tirei da minha cintura o tubo de ensaio. — Está vendo isso? Acho que essa é a amostra que tanto procuram, mas eu ainda não sei o que ela faz, ou o que ela produz, pra que serve...

— Nossa! Mas então você não pode andar com isso por aí desse jeito, Monique. — Ele segurou em minha mão.

— Se desconfia que fizeram algo com seu pai por causa desta fórmula. Você com ela em mãos também corre perigo. Deve ter cuidado.

Assim que Leandro me abraçou, notei uma movimentação estranha na rua. Um carro preto, todo escuro e grande estacionou próximo a nós, em seguida mais um, e logo após um terceiro se juntou aos outros dois, eram todos iguais, com placas pretas federais. Dois homens desceram de um dos carros. Olhei rapidamente para o rosto de cada um, e percebi algo familiar. Fiquei parada, enquanto eles vinham em nossa direção, senti o meu coração gelar e tremer como se fosse sair pela minha boca. Senti quando Leandro apertou minha mão. Os dois chegaram bem perto de mim. Um deles falou:

— Moça. Precisamos do que você tem.

— Não sei do que está falando. — Eu respondi trêmula.

— Não mexa com ela. — Interveio Leandro. — Ela já disse que não tem nada.

— Não se intrometa rapaz. Ela sabe o que é. — Ele me encarou novamente.

— De onde vocês são? O que procuram? — Perguntou Leandro com a voz firme — Eu sou oficial da Aeronáutica.

— Eu já disse que ela sabe o que queremos. E nós sabemos quem é o senhor. Agora por favor, não me obrigue a usar de força.

Em segundos ouvi o bater das portas dos carros, e mais alguns homens caminhavam em minha direção. Meus olhos se arregalaram, me perguntei por que não havia jogado todo o liquido em alguma valeta qualquer, ou por que estava com uma amostra no bolso. Olhei para

Leandro e ele parecia tão perdido quanto eu. Como num flash back, os últimos acontecimentos de minha vida passaram em minha mente, em segundos tudo estava unido em forma de uma grande lembrança, como um quadro fixado na parede das minhas sensações.

Os homens me rodearam.

— Vamos Monique, não me obrigue a ser agressivo. — Insistiu o mesmo homem, que me intimidou ainda mais ao pronunciar o meu nome.

Dois homens vieram em minha direção, Leandro tentou impedi-los, mas outros dois o seguraram.

— Não encostem nela. — Exigiu Leandro — Não toquem em mim.

Os homens começaram a me revistar e um deles pareceu ter percebido o tubo em minha cintura.

— Tirem as mãos dela! — Gritou Gustavo, com voz grave, atravessando a rua — Ela acabou de sair da minha casa e não tem nada com ela. Está limpa.

Gustavo aproximou-se de mim, e olhou para Leandro.

Quando me soltaram e começaram a voltar para o carro, o homem que havia me revistado cochichou algo no ouvido do que parecia ser o chefe de todos e eles voltaram em minha direção, agora em passos ainda mais largos. Um deles colocou a mão na cintura e vi uma arma, meu coração recebeu uma descarga de no mínimo mil volts, as minhas pernas pareciam falharem e eu comecei a caminhar para traz involuntariamente.

— Um dos meus homens sabe que você tem algo na cintura. — Afirmou o líder, quase falando no meu ouvido.

— Eu não tenho nada!

— Eu já disse que ela está limpa. — Ouvi Gustavo repetir ainda mais enérgico.

— Só queremos a amostra. Estamos cumprindo ordens. — Disse o homem, dessa vez apontando a arma. O mesmo homem que havia me revistado levantou minha blusa e pegou a amostra. Suspirei decepcionada, apesar do alívio de vê-los se afastarem em direção aos carros.

— Some daqui, Monique. Isso ainda não acabou. Corre, se esconda e não olhe para trás. Disse Gustavo puxando Leandro de maneira a encobertar minha fuga. Antes de dobrar a esquina, ainda ouvi a voz de um dos homens:

— Cadê a garota? Precisamos dela.

Comecei a correr. Atravessei uma avenida e passei por algumas casas tentando encontrar um lugar para me esconder. Me escondi dentro de uma banca de jornal velha, a porta estava aberta o bastante para que eu passasse por baixo. Pela fresta lateral vi quando dois homens foram para o lado oposto. Respirei aliviada.

Depois de quase uma hora, saí da banca olhando para os lados com cautela, a rua estava muito movimentada, e as pessoas andavam depressa, imaginei que aquilo ajudaria a me proteger, bastava me misturar entre as pessoas. Tirei a blusa que vestia, soltei os cabelos e comecei a andar tentando não demonstrar preocupação. Mal dei alguns passos, ouvi chamarem meu nome. Me virei para trás, era Gustavo, ele estava a certa distância e logo chegou mais perto.

— Tome, guarde isto. — Ele me deu um papel dobrado:

Espero que um dia me perdoe, tudo isso é para protegê-la. Não confie em ninguém.

Eu te amo. Gustavo.

Antes que meus olhos pudessem sorrir, vi um homem se aproximar rapidamente, pensei em me afastar devagar, mas não consegui me mover. O homem chegou por trás de Gustavo.

— O senhor a pegou. — Ele disse satisfeito. — Precisa de ajuda?

— Não, apenas chame os outros. — Respondeu Gustavo num tom seguro.

O homem se distraiu ao pegar o celular, eu caminhei alguns passos à frente em velocidade comum, sem que ele notasse, percebi um sorriso franco de Gustavo e me misturei entre as pessoas que circulavam e me escondi entre as pessoas. Vi quando o homem segurou no ombro de Gustavo e o pegou pelo braço.

Eu ainda circulava entre as pessoas a passos rápidos, quando ouvi dois disparos de arma de fogo. Um carro parou bruscamente e o homem entrou, deixando o corpo de Gustavo caído na calçada. As pessoas começaram a gritar e correr. Senti o meu corpo estremecer e uma sensação ruim se condensou em mim. As pessoas começaram a se jogar no chão, e eu caí junto. Muitos gritos tumultuaram a minha cabeça e as minhas pernas congelaram. Continuei deitada no chão, segurei a mãos de uma criança que não parava de chorar e chamava pela mãe. Em instantes a polícia chegou.

Pouco tempo depois muitas viaturas se aproximaram do local, e alguns policiais começaram a circular por ali. Pediram que ninguém se afastasse.

— Fiquem tranquilos. — Disse o policial circulando entre nós — Fiquem tranquilos.

Após um tempo, as pessoas foram se levantando devagar, e eu fiz o mesmo, estiquei as minhas pernas e toquei no meu corpo, como se me certificasse de que estava viva. Quando olhei para o local onde Gustavo caíra, avistei dois corpos cobertos, e estremeci.

Aproximei-me do dos corpos e tentei enxergar além do plástico preto que haviam acabado de colocar sobre eles.

— O que a senhora deseja? — Perguntou uma policial com voz autoritária.

— É... que... — Eu gaguejei, chorando — Pode ser o meu irmão.

Percebi quando o rosto da mulher se modificou.

— Quer fazer o reconhecimento? — Ela perguntou preocupada. — Podemos fazer isto de modo informal, e então você avisa a sua família.

— Está bem. — Eu respondi com a voz embargada.

A mulher caminhou em minha direção, chegou próximo ao corpo e levantou o plástico na altura da cabeça.

Olhei o seu rosto e a expressão indescritível a minha frente. A sensação de culpa era maior do que qualquer vontade.

— E então, é o seu irmão? — Me perguntou a policial.

— Não. Não é ele. — Respondi com a voz embargada. Eu olhei novamente para Gustavo, antes da policial cobri-lo novamente. Ele estava morto. Naquele momento pensei: que pai mataria o próprio filho?

Em instantes eu estava fora daquele cenário do caos. Entendi que precisaria sair daquele lugar o mais rápido possível, que a vida de Gustavo fora perdida por minha culpa, a angústia me consumia, e tudo era dor. Caminhei naquela noite sem destino, não poderia voltar para casa.

Também nem pensar em voltar à casa da minha mãe. Mas como a fórmula já não estava mais lá, preferi imaginar que minha mãe e minha irmã estavam seguras. Agora o problema era comigo. Eu era como um veneno, e não podia me aproximar de ninguém para não colocar mais vidas em risco. Também não podia confiar em ninguém.

Olhei para o alto e vi um albergue. Pelo meu estado, não seria difícil passar por moradora de rua. Decidi que era mesmo o que eu precisava, apenas uma cama para me deitar. A noite seria amarga, a pior de toda a minha vida. Entrei no lugar e decidi que apenas no outro dia eu pensaria no que fazer.

ALGUMAS PESSOAS JÁ começavam a acordar e fazer barulho às 5 da manhã. Levantei-me do colchão velho e de cheiro não muito agradável, estiquei o meu corpo como a muito tempo não fazia.

Após um banho de água morna, em banheiro coletivo, naquele início de manhã gelada, me sequei rapidamente, e parei em frente a um espelho mofado, no armário fixado na parede. Passei a mão no meu rosto e ele parecia diferente, além do cansaço e das olheiras. Segui para o quarto e calcei os meus tênis, ajeitei o cabelo, ainda molhado, e decidi encarar a realidade.

Fui até a casa de Gustavo. Nenhuma movimentação. Era como se nada tivesse acontecido. Até a chave estava debaixo do vaso. Entrei preocupada com a possibilidade de a polícia ou gente muito pior chegar por ali, mas era inevitável, precisava entrar. Olhei diversos papeis que estavam espalhados, pela mesa, mas eu precisava entender o que procurava, sabia que Gustavo teria algo a me dizer, e se pudesse faria isso. Olhei um copo em cima da mesa da sala, estava sujo, parecia ser de suco ou algo doce, vi a fila de formigas que seguia pela mesa. Avistei ao lado do videogame um papel com algumas anotações, não parecia nada demais, além de senhas ou informações relacionadas a jogos. Ao lado, uma caixa de um dos jogos de Gustavo, *"Game Fisic"* era o nome. No mesmo instante me lembrei do dia em que fui à casa de Ricardo e vi um projeto com este nome.

Abri a caixa, peguei o jogo e percebi que tinha ali todas as salas do laboratório de Manaus, inclusive as ferramentas e máquinas que lá existia. Peguei as anotações, outros papeis e voltei a me concentrar na dinâmica do jogo. Notei que o game tinha uma sequência idêntica as pesquisas evoluídas a partir das pesquisas de meu pai e seus amigos, pesquisei no videogame as fases anteriores e era como ver toda a linha de pesquisas que encontrei no laboratório de Manaus, até reconhecer fragmentos do meu projeto, um pouco antes de chegar ao laboratório secreto, era incrível como tudo era idêntico ao real.

O jogo parecia uma fábrica de grandes descobertas, muitas fórmulas desvendadas, mas aquilo era só um jogo. Continuei a seguir as fases até que descobriríamos a maior fórmula do jogo, a menina dos olhos de toda a pesquisa do game.

— Internet! — Pensei alto.

Liguei rapidamente o notebook.

Escrevi no google: *"Como zerar game fisic"*. E nada que me interessasse apareceu, só tinha dicas de como chegar ao fim, mas o ponto máximo, o que era o fim não apareceu. Então mudei a pergunta. *"Conceitos do jogo Game fisic"*, o resultado da pesquisa apareceu na tela, cliquei em uma página, e ouvi alguém mexer na porta.

— Monique! — Disse Leandro ao entrar na sala. — Eu te procurei muito. Imaginei que pudesse vir aqui. E aí, como conseguiu escapar? — Perguntou Leandro sentando ao meu lado.

Eu fechei o notebook abruptamente e respirei fundo. Ele me olhou com delicadeza. Depois fechou os olhos.

— Você soube que Gustavo está morto, né? O enterro foi hoje pela manhã.

— Eu preciso saber o que está acontecendo, Leandro. E você precisa me dizer o que sabe, se realmente gosta de mim e está do meu lado, como diz.

— Eu... — Ele pigarreou — Eu não sei muitas coisas Monique. — Ele se ajeitou no sofá — O que eu sei é que existe sim uma conspiração por parte do exército, junto com a política, mas não sei ao certo o que é.

— Difícil acreditar nisso já que você é capitão da aeronáutica e filho do senador que está metido nisso até o osso. — Eu sorri ironicamente — Chega a ser ingênuo.

— Pode ser que sim. Não culpo você por pensar assim, tantas pessoas já mentiram pra você. Mas a verdade é que eu não tenho nada a ver com isso, Monique. Acredite, não faria sentido. Já tive chances de te entregar e não fiz isso. Você dormiu nos meus braços, na sua casa. — Ele segurou em meus cabelos.

— Mas tem uma coisa que me deixa ainda mais abismada. Como o senador, seu pai, pode ter matado o próprio filho?

— Não. Ele não teve a nada a ver com a morte do Gustavo, de jeito nenhum. Das poucas coisas que sei, Monique, é que tem muito mais gente interessada nisso tudo. Muito mais gente do que nós podemos supor e imaginar. Me lembro que meu pai, apesar de todos os problemas e ressalvas que faço contra ele, sempre dizia para o Gustavo que precisava da ajuda dele, do conhecimento, dos estudos e das pesquisas dele para proteger essa fórmula. Ele dizia ter muito medo de deixar esta fórmula cair em mãos erradas.

Eu abri novamente o notebook.

— Quero saber se ele deixou alguma pista. — Eu disse enquanto limpava os históricos de busca do notebook.

Leandro se aproximou para sentar ao meu lado, quando ouvimos alguém bater na porta.

— Quem é?

— Não faço ideia. — Respondeu Leandro aparentando real surpresa.

— Deve ser a polícia. — Eu disse num sussurro.

— Vou abrir a porta. Vá para o quarto. — Ele disse.

Fui para o quarto com o notebook nas mãos. Deixei a porta entreaberta, tentando ouvir alguma coisa. Conversavam em tom muito baixo. Não conseguia ouvir. A única certeza que tinha é a de que havia mais de duas pessoas, ou seja, quem chegara não estava sozinho. Senti um calafrio.

Me ajeitei sobre a cama bagunçada e me virei com pouca luz que vinha da janela para encontrar um bom lugar para apoiá-lo. Abri a tela do notebook e resolvi que não podia mais perder tempo, algo sobre aquele jogo poderia me dizer do que se tratava a tal fórmula. Iniciei a leitura, precisava saber qual era o objetivo do jogo, e enfim cheguei à parte que me importava.

Era a explicação de todo o jogo e de como zerava, o que era preciso para terminar todas as fases. Quando comecei a ler não acreditei, de tão bizarro, era engraçado. O jogo dizia: "Encontre as combinações da fórmula secreta, e descubra a imortalidade".

A porta se abriu, dei um sobressalto, e senti meu coração acelerar, desliguei o computador e olhei na direção de quem eu imaginei ser Leandro.

— Olá Monique. — Ele disse e se aproximou da luz que vinha da janela.

— Ricardo!? O que você quer comigo? — Perguntei com a voz trêmula.

— Eu não quero nada. Mas tem alguém que quer muito.

Ele puxou o meu braço com força, me arrancando da cama.

— Pra onde você quer me levar?

— Chega de perguntas, Monique. Acabou!

Já dentro do carro não entendia se os homens que estavam conosco eram os mesmos que e haviam matado Gustavo. Ainda mais estranho era a presença de Leandro no carro. Eu já não sabia se ele era o delator ou se também era uma vítima, ou se realmente tinha mudado de lado, eu não conseguia entender mais nada.

— O que está acontecendo Ricardo? — Eu perguntei tentando demonstrar alguma segurança. Ninguém respondeu nada. Ainda tentei insistir. Silêncio total dentro do carro.

Depois de alguns minutos dentro daquele carro de vidros escuros fechados, o homem ao meu lado colocou um capuz sobre a minha cabeça, e ainda andamos por mais um tempo até o carro parar. A calcular pelo tempo, e pelas mudanças de velocidade do carro, imaginei que já devíamos estar fora da cidade, mas não muito distante.

Me guiaram pelo braço em um local fechado, até me colocarem sentada numa cadeira. Assim que me tiraram o capuz, senti meu pulmão se esforçar para puxar todo o ar possível. Abri os olhos com dificuldade pelas luzes fortes que vieram direto nos meus olhos, após alguns instantes, notei que estávamos dentro de um laboratório. Talvez fosse o tal laboratório da cidade do interior que Gustavo já havia mencionado. Resolvi continuar calada.

Ao redor, haviam homens, alguns bem conhecidos, outros nunca havia visto. O mais inacreditável era Ricardo, com sua cara cínica insuportável. Pela primeira vez, em tanto tempo, eu conseguia enxergar a maldade em seus olhos. Os outros homens familiares eram os "capangas" que haviam me levado, outro que talvez eu tenha visto no dia da morte do Gustavo, mas não tinha certeza, estavam por ali, como se assegurassem a preservação física de todos, como se isso fosse necessário, ou pior, como se eu fosse a pessoa de alta periculosidade naquela sala. Mas a figura mais aterrorizante naquela sala era um homem que estava atrás do senador Gregório, esse pouco me encarou, tinha um ar severo, olhos fixos no ambiente, era um sujeito muito alto e forte, sua compenetração era desconcertante. A julgar por seu avental branco, pensei se tratar de um cientista local.

O silêncio permaneceu por alguns minutos. Todos olhando pra mim, menos o homem de branco, até que o senador se levantou da cadeira vagarosamente.

— Acabou a brincadeira moça! — Gritou o senador como se fosse um selvagem.

Eu me assustei, mas ainda assim, tentei manter a calma.

— Eu não sei do que o senhor está falando. Mas não sei mesmo. Gostaria de saber.

— Ricardo, essa moça está se fazendo de boba. Disse o senador com cara de poucos amigos. — Mostre as anotações pra ela... Moça, eu quero a experiência finalizada o mais rápido possível. É isso! Mas, se você ainda não entendeu, vai entender agora. — Ele apontou para o lado e fez sinal com as mãos para o homem mal-encarado, que tirou do bolso um celular e veio em minha direção. Ele abriu um vídeo em preto e branco, como se fosse um filme mudo, sem áudio, e logo identifiquei minha mãe e minha irmã. Depois desligou e se afastou. O senador então voltou a falar:

— Sua mãe e irmã, em tempo real. Elas estão trancadas sob os meus cuidados, e só vão sair de lá quando você terminar a fórmula.

Meu estomago gelou.

— Senador — falei numa mistura de raiva e medo — Eu realmente não sei se sou capaz de fazer isso.

— Você será! Não tem outra escolha. — Disse o senador antes de sair acompanhado de seus capangas. Leandro, que não tinha dito uma palavra, nem me olhado nos olhos, saiu com eles. Ficamos eu, Ricardo e o homem mal-encarado no laboratório.

— Vamos começar os trabalhos agora mesmo, minha querida. — Disse Ricardo, enquanto ajeitava seu casaco.

— Este é o Dr. Fred — Ricardo apontou — Ele vai supervisionar você quando eu não estiver. Tudo deve ser reportado a ele.

Ricardo saiu da sala, meu corpo estremeceu quando ouvi o barulho da porta batendo se espalhar pelo ambiente.

NA MANHÃ SEGUINTE fui acordada às 5 da manhã. Tinha sido obrigada a trabalhar até às 2 da madrugada.

— Vamos, levante. — Disse o homem que parecia estar sempre irritado. — O senador quer resultados.

— Moço, como você se chama? Você não dorme? Porque você foi dormir depois de mim, e agora já está aqui...

— Meu nome é Salles. E eu cumpro ordens. E você também. — Ele colocou uma trouxa de roupas e uma toalha sobre a cama — Aqui estão alguns pertences seus. Você tem vinte minutos para estar pronta na sala ao lado do laboratório. Teremos uma reunião e depois continuamos os trabalhos no laboratório. Por favor, não dificulte o nosso trabalho, o meu e o seu.

Segui as ordens, e ao sair do banheiro, havia uma caneca com café puro e sem açúcar, na mesinha ao lado da cama. Tomei e fui para o local indicado.

Ricardo começou a tal reunião falando um monte de idiotices. Depois perguntou sobre o trabalho com a fórmula. Fred relatou o que fizéramos e explicou que ainda não tínhamos avançado. Então eles levantaram e me levaram para o laboratório. Ricardo ficou por lá, como um urubu me supervisionando, especulando com os olhos tudo o que eu fazia. Minha vontade era furar sua veia aorta com a unha a qualquer momento.

Depois de algumas horas de trabalho ao lado do silêncioso Fred, enfim, nos avisaram que seria servido o almoço. Larguei tudo no mesmo instante, estava morta de fome, e não aguentava mais rever tantas pesquisas.

Salles fez sinal para que o seguíssemos, fui no mesmo instante, atrás de mim veio Fred e um outro capanga. Passamos por outro corredor, era um lugar diferente do que passei pela manhã, observei bem as portas e saídas, não havia identificações, mas eram duas portas, até então desconhecidas por mim.

O espaço onde o almoço era servido, parecia um refeitório comum de qualquer empresa. Havia mesas e cadeiras, ao fundo uma espécie de área de lazer ou descanso, com sofás, uma mesa de centro com alguns livros e revistas, outras mesas dispostas com cadeiras e uma estante com mais livros, revistas, alguns jogos de tabuleiro. Na parede ao fundo, um mural de fotos, e no fim dele a indicação de sanitários masculino e feminino sobre as duas portas.

— Preciso ir ao banheiro. — Eu disse. — Salles fez sinal de que eu podia ir.

Passei direto pelo mural de fotos e fui até o banheiro. Na saída, aí sim, parei para olhar algumas fotos e, para minha surpresa, entre tantos rostos desconhecidos, vi uma em que estavam meu pai e algumas outras pessoas.

Quando me viu parada diante do mural, Salles veio em minha direção com o cenho fechado.

— Olhe, este é o meu pai. E estes dois são seus amigos Joel e Teodoro. As outras pessoas não conheço. — Eu disse orgulhosa enquanto disfarçava meu nervosismo.

Ele balançou a cabeça e falou em voz alta e tom autoritário:

— Isso não é uma colônia de férias pra você ficar dando uma de turista. O almoço já foi servido, e se você demorar vai começar a segunda etapa dos trabalhos sem almoçar.

Terminamos o almoço, que nem estava tão ruim quanto eu imaginava que seria, voltamos para o laboratório e a foto do meu pai e seus amigos não saía da minha cabeça.

Nem bem começamos os trabalhos e um sujeito bem mais velho, que eu ainda não tinha visto por ali, entrou no laboratório.

— Dr. Fred?! Chegou todo o material do laboratório central. — Disse o velho de voz arrastada. — Aonde eu coloco?

— Deixe tudo na sala de estoque, neste andar mesmo. Obrigado.

Assim que o velho saiu, perguntei tentando alguma aproximação com Fred.

— Onde é o laboratório central? — Eu perguntei curiosa.

— Ora, você já não esteve lá? Sabe onde é... Eu é que devia perguntar o que você foi fazer em Manaus... Suponho que a mesma coisa que estamos tentando fazer aqui, então, volte logo ao trabalho. Precisamos de resultados. O senador virá em poucos dias e vai querer novidades. Então, é melhor a gente acelerar os trabalhos, porque é a sua família que está em risco.

Eu fechei o cenho, e senti um aperto. Pensei no sofrimento das duas como prisioneiras, e eu sem sequer imaginar como sairia dali. Abaixei a cabeça. Fred parecia ler os meus pensamentos.

— Agora me diga o que você estudou? Cada passo estudado tem seu valor, e não tente atrasar as pesquisas para ganhar tempo. Isso vai só piorar as coisas para você e sua família.

— Estão aqui. — Eu entreguei o meu caderno pra ele — Eu não desenvolvi muito os processos que vocês pediram. — Ele me olhou como se me reprovasse.

— Temos prazo, precisamos descobrir logo a base da fórmula, fazer alguns testes com esta quantidade que já temos, e encontrar a estabilidade da fórmula para a regeneração molecular.

Ele se afastou, sentou na sua mesa e ficou quieto lendo meu caderno de anotações. Enquanto isso, me aproximei da sua bancada. Um papel com anotações que Fred deve ter esquecido ali me chamou atenção.

"Amostras do Central Manaus".
Game Fisic — amostras coletadas e materiais vistoriados.
Material conferido por: Teodoro Campos.

Inclinei-me para ver se realmente tinha lido certo.

Eu já sabia que o laboratório de Manaus era o grande percursor de tudo o que estávamos estudando, e que o jogo de videogame *Game Fisic* era o meio informatizado de carregar a fórmula sem interferências...

Naquele momento paralisei todos os músculos do meu corpo, algo muito forte me dizia que eu já sabia do que se tratava. Eu já sabia o que todos estavam procurando.

No FIM DO DIA, fiz diversas indicações ao Fred. Ele ficou satisfeito. Fez alguns testes. E assim seguimos por mais dois ou três dias. Cada substância precisava passar por uma série de processos, até chegar num ponto em que não respondia as reações químicas, ou não resistia as sessões do acelerador de partículas.

Eu trabalhava com muita pressa e cuidado, para entregar a Fred materiais que pudessem, de alguma forma, mostrar serviço e deixá-lo bem atarefado. Passei a reparar em como ele trabalhava. Parecia satisfeito com o meu empenho, e chegou até a ser simpático algumas vezes, como se estivesse mesmo em companhia de uma colega de trabalho. Eu o via como um robô, uma "máquina" instalada em um corpo humano.

Em mais uma tentativa desastrosa de tentar parecer uma pessoa comum, Fred me perguntou:

— Como estão as pesquisas, Monique, mais algum princípio a ser testado?

— Estou realizando dois testes para finalizar no acelerador de partículas.

— Isso é bom.

— Mas não adianta ter muita pressa.

— Claro que temos pressa, você sabe bem disso.

— Mas eu te apresentei vários princípios para testar e você fez os experimentos só com dois até agora!

— Não é bem assim. Eu estou realizando os procedimentos com a calma necessária.

— Só você pode trabalhar com calma aqui?!

— Quando Fred parecia que ia me dar uma resposta qualquer voltando à sua maneira mal-educada inicial, a porta do laboratório se abriu.

— Oi Monique. — Disse Leandro. Ele tinha um sorriso amarelo, e vestia seu traje da aeronáutica — Como estão as pesquisas Dr. Fred? — Ele perguntou.

— Avançando, Capitão Leandro.

— Isso é bom. E essa moça bonita está colaborando? Ele perguntou olhando pra mim.

— Sim, ela resolveu colaborar e está sendo de grande utilidade. — Respondeu Fred sem olhar pra mim — Mas ainda não encontramos a fórmula base.

— Sabíamos que não seria fácil. O importante é que ela está colaborando, vocês estão trabalhando. E todo mundo segue com suas obrigações. Em algum momento descobriremos. Esta fórmula não vai se esconder para sempre...

Leandro ficou em silêncio por alguns segundos, depois tocou no ombro de Fred.

— Dr. Fred, preciso falar alguns instantes com a Monique. — Ele ajeitou o quepe e completou — A sós, o senhor pode nos dar licença um minutinho.

— Tudo bem... Vou tomar uma água enquanto isso, mas por favor, seja rápido, temos muito trabalho aqui. — Disse Fred, antes de sair do laboratório — E eu não quero problemas com o seu pai. Me chame assim que terminar aí sua conversa com ela.

Leandro chegou mais perto.

— Você está bem Monique? — Em seguida ele me abraçou — Eu estava muito preocupado com você, e pensando em como estava se saindo, lidando com este cientista louco! — Ele sussurrou estas palavras e passou as mãos nos meus cabelos. — Fizeram algum mal a você?

— Vocês estão me fazendo mal desde que comecei minhas pesquisas de maneira inocente na faculdade. Como se não bastasse, agora resolveram fazer mal também a minha família... Bem, se já não faziam desde a morte do meu pai.

— Desculpe, Monique. Eu não tinha o que fazer. Se eu os enfrentasse, talvez estivesse preso em algum lugar também. — Ele segurou em minhas mãos — Eu não tinha escolha, este foi o único jeito que encontrei de te proteger!

— Eu não sei se vou conseguir o princípio que eles querem. — Eu bufei — Você já viu do que se trata esta fórmula?

— Sim, é algo bem extraordinário! — Leandro disse animado. — Mas teria consequências drásticas em mãos erradas.

— Sim, em mãos erradas como as do seu pai.

— Ele me abraçou e deslizou as mãos pelo meu corpo, segurou a minha cintura e me puxou para perto dele. Senti seu corpo quente assim que ele subiu com uma das mãos na minha nuca. — Temos que ter cautela. — Leandro sussurrou, e deslizou o nariz por meu pescoço.

— Para Leandro! — Eu sussurrei. — Não podemos fazer nada aqui. Estou presa!

— Mas eu sou o seu carcereiro. — Ele sorriu, e veio me beijar.

— Estou cansada Leandro. — Eu suspirei — Eu só quero a minha vida de volta.

— Isso está em suas mãos agora. Vou te contar algo que a deixará mais tranquila, mas você deve me prometer que não vai comentar com ninguém.

— Diga logo! — Eu exigi como uma criança.

— A sua mãe e sua irmã estão em casa. — Disse ele orgulhoso. — Fizeram o vídeo na casa da sua mãe, numa das visitas ao laboratório do seu pai. Mas não as prenderam como lhes disseram. Aquele filme era só pra te pressionar. Na verdade, neste momento, sua mãe e sua irmã estão numa boa, foram viajar. Um presente oferecido pelas Forças Armadas.

— O que você quer dizer com isso?

— Não existe nada de errado. — Ele me respondeu — As duas foram viajar como um brinde oferecido pelo exército, isso é comum.

— Comum?

— Sim. A sua mãe nunca viajou com as despesas pagas pelo exército, como bonificação anual, ou coisa do gênero?

Eu fiquei quieta por alguns instantes, precisava entender o que estava acontecendo com a minha família, recuperar algo ligado a nova informação de Leandro e perceber de verdade qual era o jogo do belo capitão à minha frente.

— Pode ser. A minha mãe já fez algumas viagens sim, e sempre me disse que era uma bonificação da aposentadoria.

— Então, deve ser isso. Algo do tipo. Elas estão bem. — Ele passou a mão no meu rosto — Deixa eu cuidar de você? Deixa eu te ajudar de alguma forma. — Ele beijou minha boca — O que você quer fazer? O que eu posso fazer pra te ajudar?

— Podemos ficar aqui quanto tempo?

— Não muito. — Ele olhou o celular — Mais uns dez minutos não vejo problemas.

— Não precisaremos mais que isso. Vou te contar o que pensei, e de que forma acho que você pode me ajudar.

Naquele instante decidi entender quem era o homem diante de mim, algo se esclareceu a partir daquele momento, e eu estava certa de que não acreditaria em outra coisa.

Na manhã seguinte, assim que chegamos à sala de reunião, Salles parou na porta do lado de fora, eu e Fred entramos. Fred puxou uma cadeira e continuou em silêncio, como sempre. Em poucos minutos ouvi vozes e logo a porta se abriu.

O senador entrou acompanhado por sua torpe de canalhas, a começar por Ricardo e sua arrogância de sempre. Leandro veio logo atrás. Havia também um homem que sempre estava ao lado do senador, usava bigode, o mesmo que fora intimar Ricardo em nosso jantar certa vez. E outro homem que eu não conhecia, nunca tinha visto antes, um velho de cabelos brancos até os ombros, enquanto o meio da cabeça era liso pela falta dos fios, que se alongavam apenas nas laterais.

O senador Gregório pegou a pasta sobre a mesa, e olhou superficialmente o conteúdo, depois olhou para Fred:

— E como anda tudo por aqui, doutor? — Perguntou o senador enquanto pegava um charuto e um cortador.

— Está tudo bem encaminhado, Senador. — Respondeu Fred de forma segura.

— Mas, segundo Leandro, a substância base ainda não foi encontrada! — Ele ascendeu o charuto.

— É verdade...

— Então não está bem encaminhado. Isso é o que importa! — Gritou o senador e bateu o pulso na mesa.

Fred continuou calado, mas não deixou de encará-lo.

— Eu não penso assim senador. — Fred disse, pegando a pasta com tranquilidade — A fórmula base, sem os testes que estamos realizando não tem valor algum. — Ele apontou um gráfico — Veja isso. Sem a estabilidade dos elementos químicos que estamos desenvolvendo, a fórmula não existe, não tem valor algum, se todos os componentes não estiverem em harmonia não vamos conseguir chegar a lugar algum. E é nisso que estamos trabalhando, todos os dias.

— Eu trouxe essa garota pra cá porque me garantiram que ela saberia desenvolver a fórmula. — O senador me apontou com seu charuto sem me olhar e continuou — Disseram que ela saberia nos dizer o elemento base da fórmula.

— Sim. Ela está nos ajudando a desenvolver isto, mas não é tão fácil assim. — Fred me olhou superficialmente. — Mas paralelo a isso estamos realizando outros procedimentos, como eu disse ao senhor. Eu sei o que estou fazendo.

— Isso é desculpa! Eu não tenho tempo a perder, os investidores estão me pressionando. — Resmungou o senador irritado.

— Nós já realizamos todos os testes com a amostra que vocês trouxeram! — Respondeu Fred — a Imortality funciona, mas não como se deve! — Disse Fred um pouco exaltado — Se não estabilizar os seus efeitos ele pode ser uma catástrofe!

— O senhor não é pago para pensar, ou decidir o que é mais importante. — Gregório empesteava todo o lugar com a sua fumaça — O senhor é pago para descobrir a fórmula base.

— Eu sei bem para que sou pago Sr. Gregório. Mas não estou nisso só pelo dinheiro.

— Acalmem-se senhores! Todos nós sabemos por que estamos aqui. — Tentou remediar Ricardo.

Daí em diante a reunião prosseguiu com certa tensão. Fred não bateu de frente nenhuma vez mais com o senador, deixou que ele reclamasse algumas vezes, mas nada parecido com os primeiros atritos. O senador era realmente arrogante e prepotente em tudo o que dizia. E eu imaginei o perigo de um homem assim se tornar imortal. Me estremeci só de pensar.

— Monique! — Eu ouvi me chamarem e procurei quem me olhava.

— Sim. — Eu olhei para o senador.

— A sua família está bem, por enquanto. Então espero que continue colaborando. — Ele finalizou como se me desse uma ordem. Agora volte ao trabalho. — Em seguida fez um sinal para o seu capanga de bigode — Pode tirar ela daqui.

— Espere! Preciso falar algo importante com o senhor, é muito sério.

Eu me ajeitei na cadeira, enquanto todos os outros integrantes da mesa viraram os olhos para mim.

— Diga.

— Eu quero fazer parte do projeto.

— Mas você já faz parte do projeto. Vá direto ao ponto e diga logo o que quer.

— Eu não quero mais ser prisioneira. Eu já sei o que pesquisam. E quero participar da pesquisa, continuar a invenção do meu pai. Quero que o meu nome e o dele seja associado a grande revolução das pesquisas quânticas!

— Minha jovem, até ontem você fugia como o diabo foge da cruz dessas experiências. — Ele tragou mais algumas vezes aquele charuto insuportável — Por que você está inventando isso agora?

— Está fórmula é parte do meu pai, eu estou continuando as suas pesquisas, portanto é parte minha também. Eu quero fazer isso por ele!

— Mas o seu pai também não era a favor de continuar as pesquisas com está fórmula, Monique. — disse Ricardo de forma automática.

As minhas pernas estremeceram. Ricardo falou como se conhecesse meu pai muito bem.

— O meu pai tinha cautela. — Eu olhei para Fred — Mas é claro que desenvolver algo dessa importância é maravilhoso. Eu posso ajudar, fazer mais, trabalhar para o projeto de outro modo, como uma das criadoras.

— O que você quer, de verdade, minha jovem? — Perguntou o senador.

— Quero sair daqui.

— Claro! — O senador deu uma longa gargalhada — É claro que você quer sair daqui. Isso é o que todo mundo aqui quer, inclusive eu. O que você precisa fazer, fará aqui mesmo. E depois vamos todos embora.

— Eu preciso sair daqui, este é o único jeito de conseguirmos o que o senhor quer. — Eu disse convicta.

— O que você quer dizer?

— Estou dizendo que eu sei qual é o princípio da fórmula. Mas preciso sair daqui. Já conseguimos transpor alguns passos iniciais, o Dr. Fred sabe disso, de várias substâncias possíveis.

— Mas ele me disse que não havia encontrado o elemento base. — Questionou o senador.

— E não encontramos. — Eu confirmei — Mas já estabilizamos dois elementos essenciais para completar a fórmula, os testes que fizemos eliminam várias etapas.

— Isto é verdade? — Perguntou o senador olhando para o Fred.

— Sim, é verdade. Por isso eu disse que tudo caminha bem. — Ele respondeu de forma automática.

O senador pigarreou, e deu uma longa tragada em seu charuto, antes de apagá-lo, sem tirar os olhos de Fred. Eu respirei aliviada. Me senti mais tranquila, a confirmação era o que eu precisava para que ele entendesse as minhas intenções.

E o que me diz sobre isso Doutor, devo permitir que ela saia daqui? E me pergunto por que eu faria isso? — Perguntou Gregório com a voz áspera.

— O senhor quer saber o que eu penso?

— Não. — Gregório riu. — O que quero saber é a necessidade de ela estar aqui.

— Eu não posso responder isso. Eu não sei o que ela quer fazer, e em que sua saída ajudaria. Pra falar a verdade, ela tem ajudado sim, mas qualquer outro pesquisador poderia ajudar. — Fred balançou os ombros — Não posso me responsabilizar por isso, isso é com vocês.

— O que você quer fazer fora daqui menina? — Perguntou o senador olhando em minha direção.

— Eu tenho suspeitas de que sei qual é o elemento base. E ele não está aqui. Não temos aqui. Posso encontrá-lo. E, como eu disse antes, faço questão que os direitos e os créditos sobre a fórmula tenham o meu nome, o do meu pai também, além do Dr. Fred e de quem mais trabalhou nele.

— Monique, pare com este circo! — Disse Ricardo após pedir a palavra — Eu entendo que queira sair daqui. Mas que garantias eu teria de que não está tramando alguma coisa para nos atrapalhar novamente?

Olhei para Leandro, que até aquele momento parecia um boneco de cera, inerte, calado, sem se mexer na cadeira. Encarei todos que estavam na sala, até me voltar para o senador, com voz firme.

— Senador, eu realmente não sabia o que procurava quando decidi entender o que estava acontecendo em torno da minha família. Mas hoje eu sei. Eu sei da importância desta fórmula e de como ela pode ser usada para o bem da humanidade. Também sei que foi meu pai quem começou estas pesquisas. E por ele que eu me tornei cientista, é por ele que eu quero continuar as experiências. Mas não quero fazer isso como uma escrava, de maneira obrigada, quero fazer porque sou uma cientista, porque acredito na ciência e nas pesquisas. Sou uma cientista formada, premiada, e quero ser tratada como tal. O senhor mesmo queria que eu fosse continuar minhas pesquisas nos Estados Unidos, me disse que eu teria todos os laboratórios que quisesse a minha disposição e agora quer me manter presa aqui?! Não se prende a ciência, a ciência tem que ter liberdade para se expandir.

— Vejo que você é mesmo apaixonada pela ciência. — Disse o senador ao pegar mais um charuto — Como o seu pai. — Ele olhou para o velho que também me observava admirado.

— É como se eu ouvisse o José falando. — Disse o velho com voz arrastada.

— Todos nós sabemos o quanto isso ainda pode demorar. Eu sei que tenho muita chance de progredir se puder pesquisar mais no laboratório do meu pai. Procurar por possíveis anotações dele. Quem sabe buscar outras informações fora do país, trabalhar como se deve. Não presa aqui. Além disso, vocês já têm a amostra, já fizeram testes, e mesmo que a gente não consiga agora, imediatamente, como gostariam, uma hora vamos conseguir, isso virá à tona. Eu também quero poder ver minha família. É isso que me fará buscar a imortalidade com afinco, para além do laboratório. Presa aqui, não vejo nenhum interesse em ser imortal. — Falei em tom de descontração.

O senador ameaçou um sorriso.

— Você será vigiada 24 horas por dia.

— Senador entenda, pode mandar quem quiser ficar perto de mim, tenho certeza de que o senhor sempre soube mais da minha vida do que eu mesma. Então, vamos trabalhar juntos, como se deve. Por falar nisso, quero um contrato de trabalho. E salário, como todo mundo. E não se esqueça dos créditos do meu pai e meu no projeto.

— Crédito como criadores? — Perguntou o velho de cabelos brancos com certa excitação.

— Calma Teodoro! — Respondeu o senador irritado — Todos vão receber a parte do bolo que lhes caiba.

Teodoro? Repeti em meus pensamentos. Olhei novamente, e em fração de segundos me lembrei do seu rosto mais jovem. Um dos homens que a minha mãe acreditava estar morto. O que seria ele neste laboratório, um preso político, um cientista maluco, um traidor?

— Monique! — Disse Gregório de forma ríspida. — Você sairá daqui amanhã. Vou pedir para os meus advogados prepararem tudo o que deve ser feito, assim como você sugeriu. — Ele bebeu um gole d'água — Você terá seu nome e o do seu pai assegurados na criação da fórmula e nas pesquisas. Mas já aviso que os direitos patrimoniais deverão ser vendidos tão logo a gente consiga concluir tudo isso. Você não terá nenhuma participação nos lucros, mas receberá uma gratificação bem generosa ao vender os direitos. Mas seu nome e o do seu pai, com certeza entrarão para história, como cientistas responsáveis, além de todos os outros que trabalharam neste projeto durante todo este tempo.

— Sim. Tudo bem. Negócio fechado. — Eu disse com segurança.

— Neste momento, então, você e Fred são os responsáveis pelo projeto, que deve continuar em sigilo total. Terá liberdade para pesquisar, visitar os laboratórios que quiser, inclusive fora do país.

Antes de sair, o senador veio até mim, estendeu a mão para me cumprimentar:

— Bem-vinda a equipe. Agora de forma oficial.

Leandro, olhou pra mim e piscou contente, sem que ninguém percebesse.

Nunca em minha vida apreciei tanto um dia de sol como naquele dia. Já era fim de tarde quando o carro me deixou numa praça perto da minha casa. Sentei em um bando e fiquei ali, alguns minutos sentindo o sol energizar meu corpo. Salles estava ao meu lado, sem dizer nada. Acho que ele também sentia falta do sol. Eu havia passado quase um mês trancada naquele laboratório.

Cheguei em casa, abri todas as janelas e fui direto tomar um banho. Passeia a tolha limpa pelo corpo, outra para os cabelos. Usava o secador quando vi um papel ao lado da cama. Eram as anotações de Gustavo. Guardei-as na gaveta. Vesti uma roupa e em pouco tempo estava na porta da casa de dona Bete.

Meu coração disparou e sorriu aliviado quando vi minha mãe.

— Monique! — Ela abriu o portão — Entra, minha filha. Quem é este homem?

— Ele é da equipe do projeto de pesquisa, mãe. — Eu sorri — O nome dele é Salles.

Após as apresentações e depois de um longo abraço, Sophia nos serviu um café. Conversamos sobre a viagem, e para meu alívio foi tudo confirmado por ela. Elas não sabiam nada sobre o ocorrido, sobre a minha prisão no laboratório, os trabalhos forçados.

— E você, como estão as coisas nos Estados Unidos? — Perguntou a minha mãe com certo orgulho — O Ricardo disse que você estaria muito ocupada nos primeiros dias, que talvez não conseguíssemos falar, mas que bom que você voltou pra nos visitar tão depressa.

— Sim mãe. Foi tudo muito corrido. Sabe como é... Eu não podia perder a bolsa, essa oportunidade. — Eu disse enquanto comia um biscoito amanteigado.

— Eu sei. — Respondeu Dona Bete — Mas o Ricardo o tempo todo dando notícias e o e-mail que você enviou pra Sophia me deixou mais tranquila.

— Ah, sim... O e-mail... — Bom, eu preciso ver umas coisas no laboratório do meu pai. Vejam se Salles quer mais café. Ele é tímido, fala pouco.

— Não obrigado. Eu vou com você ao laboratório. — Disse Salles com tranquilidade e frieza.

Ainda bastante contrariada pela companhia de Salles, entrei no eterno santuário de meu pai e fui direto no lugar onde pensei encontrar alguma informação importante. Mas tudo de interessante os militares já tinham levado. Vasculhei todos os lugares possíveis e não encontrei nenhuma novidade.

Abri as gavetas, olhei o que tinha sobre a mesa, abri o fundo falso onde havia encontrado a fórmula. Nada de novo.

— Salles por favor, me deixe sozinha um minuto. — Eu pedi com gentileza. — Esse lugar é muito especial pra mim. Preciso sentir este lugar, e me sentir bem. Você aqui o tempo todo me olhando me deixa um pouco nervosa. Eu sei que tem alguma coisa aqui que pode nos ajudar, mas com você me olhando o tempo todo não consigo nem pensar direito.

— Eu não posso deixá-la sozinha. — Ele respondeu.

— Mas eu não estou sozinha. — Olhei a minha volta.
— Estou sendo vigiada, esta casa está cheia de câmeras,
e você sabe disso. Eu quero ficar sozinha. Me espere do
lado de fora, cinco minutos, por favor.

Assim que Salles saiu, eu respirei aliviada. Puxei a
cadeira do laboratório, e mais uma vez fechei os olhos.
Lembrei-me das anotações do meu pai, e da fórmula que
encontrei, eu sabia que havia muitas alterações de física
no início da matéria, mas precisava existir um elemento
base. Aquela cadeira funcionava como mágica para mim.
O que poderia ser a base de uma fórmula que garante a
regeneração dos órgãos, e faz com que alguém não morra
de jeito algum? — Perguntei-me. Era assim que as lembranças clareavam a minha mente.

Me levantei e abri a porta, Salles não estava lá, e os
meus olhos brilharam com mais força. Desci às pressas
a escada.

— Cadê o Salles? — Perguntei a minha mãe.

— Acho que ele saiu. — Ela apontou a porta — Estava
falando no celular, e não estava com cara de bons amigos.
— Dona Bete se aproximou — Ele tem um filho doente?
— Ela perguntou surpresa.

— Não sei, mãe. — Eu disse ignorando por completo a
sua pergunta, e sai pela porta da sala em direção ao jardim
— Mãe vem aqui, preciso que me ajude com uma planta.

— O que está acontecendo Monique? — Ela cochichou — Está tudo muito estranho por aqui. Esses homens
pensam que eu sou besta, mas eu não sou. Eu só me faço
de besta. Fiz-me de besta estes anos todos.

— Se acalma mãe. — Eu disse ao mexer em uma planta e notar Salles do outro lado da rua.

— Não consigo me acalmar. — Disse dona Bete, deixando transparecer seu nervosismo.

— Eu pensei que a senhora não havia percebido nada. Cheguei a pensar mesmo que a senhora estava de besta nesta história. Mãe, precisamos planejar bem, a senhora precisa sumir daqui, deixar tudo para trás. Eu vou colaborar com as pesquisas, e vou garantir que esta fórmula seja usada para o bem.

— Não Monique! — Ela disse iniciando uma excitação — Vamos embora daqui juntas então. Tenho medo que façam com você o mesmo que fizeram com o teu pai. E aquele Ricardo não me engana. Ele também está metido nisso, não está?

— O Ricardo é um canalha! Não acredite em nada que ele diz.

— Sabe, Monique, no dia em que eu e sua irmã fomos viajar, eu acho que vi o Teodoro, acho que era ele.

— Sim, ele está vivo, eu o conheci, mãe.

Notei quando Salles desligou o telefone e atravessou a rua em nossa direção.

— Mãe, ele está vindo. — Eu falei entre os dentes — Por favor, sumam daqui, vão para um lugar longe daqui. Para um lugar seguro. A casa daquela sua amiga em Recife seria um bom lugar. Ninguém sabe nada sobre ela, vocês não têm parentesco...

Percebi quando Salles se aproximou do portão, mas não disse nada, ficou apenas nos observando.

— Eu já sei o que fazer. E a senhora não pode fazer nada por aqui.

— Eu já ouvi isso antes. E algumas semanas depois me trouxeram o corpo dele, ele estava praticamente morto.

— Estou junto com alguém muito poderoso. Não será como antes.

— Eu não posso perder você também. — Ela disse com a voz embargada.

— Mãe, entenda que há momentos em que é preciso salvar alguém para salvar a si mesmo. O meu pai morreu em nome de um bem maior, tudo o que ele fez teve o seu valor. O meu pai sabia dessa importância e morreu com honra e por isso eu me orgulho dele.

— Isso é bobagem, eu quero você viva! — Dona Bete iniciou uma crise de choro.

Ouvi o telefone de Salles tocar, e percebi quando ele foi para o outro lado da rua novamente.

— Mãe, isso é muito sério. Se acalme por favor, assim o Salles vai querer saber o que estamos conversando aqui.

— Eu não quero saber dele! — Ela enxugou as lagrimas — Ele está discutindo com a mulher dele!

— A senhora não brinca em serviço mesmo, hein. Já sabe mais da vida do Salles do que eu. — Eu ri — Mãe, se a senhora soubesse o quanto isso é grave...

— Mas eu não quero perder você tão jovem por uma maldição criada pelo seu pai!

— A senhora sabe o poder dessa fórmula?

— Claro que eu sei! — Ela respondeu irritada — O seu pai começou isso tudo com o Joel e o Teodoro. Eu sempre soube. E tudo o que eu fiz até agora, Monique, foi para o nosso bem.

— Então me conta de uma vez tudo o que a senhora sabe! — Eu insisti.

— O seu pai e o Joel iniciaram juntos essas pesquisas, diziam que iam conseguir a cura de todas as doenças, e que a física ia salvar o mundo das pragas criadas pelo homem. Eles sonharam muito. Eu nunca gostei muito do Teodoro, e nem seu pai mesmo confiava muito nele, mas era ele quem conseguia os investimentos para a pesquisa, então era essencial que participasse. Mas a pesquisa, no começo, não era para criar uma fórmula da eternidade. Era mesmo só uma espécie de fórmula de regeneração humana. O intuito era a cura de várias doenças e não a vida eterna. "O limite é a eternidade", foi esta a frase usada pelo seu pai no dia em que eles descobriram que a fórmula poderia trazer a eternidade. Os três comemoraram muito assim que souberam, depois ficaram preocupados com as consequências que isso poderia trazer a humanidade. Então eles resolveram esperar e pensar no que e como seguir com aquela descoberta. Passou um tempo e Teodoro voltou falando sobre o quanto eles poderiam ganhar com aquilo. Teodoro dizia que poderiam ficar milionários. Que a vida eterna não tinha preço. Foi quando seu pai e Joel decidiram abandonar as pesquisas. E daí em diante a vida deles virou um inferno.

— Meu deus! — Eu coloquei a mão na boca — E reparei em Salles bem nervoso do outro lado da rua. — Então aquele velho é um traidor! — Mas por que não deu certo? — Eu me perguntei pensativa — Por que o meu pai não destruiu tudo, como souberam dessa amostra? — Eu perguntei intrigada.

— O seu pai era acima de tudo um vaidoso, Monique, como você, como todo cientista. — Ela respondeu irritada — E mesmo desistindo de levar a tal fórmula adiante, ele nunca destruiria anos de trabalho.

— Mas eu não tenho escolha! — Eu respondi de forma enérgica — Eles me fizeram de prisioneira, estavam ameaçando matar vocês duas!

— Mas é obvio! — Ela pôs a mão na cintura — Seu pai tinha esperança de que alguém, assim como você, continuasse as pesquisas e enfim mantivesse a fórmula com seu propósito inicial, o de curar doenças. Eles trabalharam por anos nisso, faziam as pesquisas que os militares pediam, mas depois de uma ida ao laboratório "da mata", como dizia seu pai, ele veio com a novidade, e tudo está como você conhece agora. Ele quis desenvolver através da física quântica aliada a biologia a cura para todas as doenças do corpo. Mas os poderosos estavam muito mais interessados na possibilidade que as experiências poderiam seguir, como isso da eternidade. E a ambição tomou conta de um monte de gente. Este senador Gregório é um demônio! Sempre foi. Tentou subornar o seu pai várias vezes, tentava me comprar com joias, viagens, tudo para que eu o ajudasse a convencer o seu pai... Depois que seu pai morreu, eu achei que tudo isso ia ter fim, mas nunca teve. Este inferno não tem fim!

Nem percebi a presença de Salles quando ouvi a sua voz.

— Precisamos ir Monique. — Ele disse com a voz séria — O senador marcou uma reunião com alguns cientistas e ligaram avisando que começará logo.

— Está certo Salles.

— Eu percorri o jardim com os olhos a procura do que queria.

— Está aqui. — Disse minha mãe ao me mostrar o vaso — É Isso que você procura. Uma vez ele me disse que fez dois processos aqui. — Ela cochichou — Não sei bem o que ele queria dizer. Mas acho que você saberá e vai conseguir fazer o que precisa ser feito.

Eu segurei o vaso com a planta de meu pai e saí.

— Vamos, Salles.

ACORDEI AOS BERROS e molhada de suor durante a madrugada, olhei no celular e eram 03:15 da manhã, fui até a cozinha e bebi um copo d'água. Passei pela sala e olhei Salles dormindo no sofá. Era realmente patético dormir com um vigia dentro da minha própria casa.

Voltei para o quarto e deitei na cama, revirei para os lados por um bom tempo. Ascendi as luzes e peguei um livro na cabeceira, falava algo sobre a lei de Murphy, e de como é possível as coisas que já estão ruins ficarem ainda um pouco piores. Foi exatamente o que aconteceu com a minha irritação naquele momento.

Reparei na minha mochila encostada no móvel ao lado da cama, peguei-a, empurrando aquele monte de roupas, abri o zíper e tirei as coisas de dentro, algumas peças de roupas, e um frasco de xampu. Bufei irritada. Então abri o bolso da frente, e para minha surpresa havia algo que fez as minhas pernas tremerem e o meu coração acelerar. Tirei o cartão. Nele tinha um endereço, e um recado.

"Leve o que encontrar para este endereço, procure por Celso, não mencione isto com mais ninguém."

Eu engoli seco. Não conseguia decidir se ria de felicidade, ou me enforcava na dúvida. *"Não mencione com ninguém"*. Eu ri sozinha, com quem eu faria isso?

Fiquei olhando para aquele cartão por algum tempo, seria muito bom se fosse uma informação verdadeira, se realmente existisse alguém interessado em me ajudar, eu agradeceria de joelhos. Olhei no relógio e faltava pelo menos meia hora para as cinco da manhã, o meu sono havia desaparecido por completo. Me vesti em poucos minutos. A reunião estava marcada para o meio dia, mas eu tinha muitas coisas pra resolver antes.

Fui até a sala e olhei a planta, Salles roncava no sofá. Peguei o vaso e saí de casa sem fazer barulho, enquanto trancava o meu vigia dorminhoco.

No edifício de fachada imensa fui abordada por dois seguranças que pareciam saídos de um daqueles filmes de ação, tipo: MIB: *Homens de Preto*.

— O que deseja senhora?

— Eu... — Eu parei para pensar se devia mesmo dizer. — Estou procurando o senhor Celso.

Eu vi quando os dois se olharam desconfiados.

— E quem é você? — Perguntou o homem mais baixo.

— Ele está me esperando. Meu nome é Monique!

O mais alto falou algo pelo rádio, algo que eu não entendi, e antes de eu pensar qualquer coisa, outro homem apareceu no hall do prédio.

— Dona Monique, o doutor Celso está lhe aguardando. Me acompanhe. Quer que eu leve isso? — Ele me perguntou ao olhar para o vaso.

— Não precisa, obrigada.

O homem de bigode abriu a porta de vidro, e a sala parecia outro mundo comparado aquele corredor impessoal. Havia um belo balcão de mármore e um sofá branco dispostos numa grande sala iluminada e vazia, onde existia uma janela que tomava toda a parede. Nem relaxei e ouvi a porta se abrir. Um homem baixo, grisalho e muito charmoso surgiu na minha frente.

— Bom dia Monique. Como está? Eu esperava por você há algum tempo. Sente-se.

Eu sentei devagar enquanto tentava disfarçar o meu desespero.

— Quem é você?

— Eu sou o Celso. — Ele abriu a gaveta e retirou uns papeis. — Se você tem o meu cartão, deve estar encrencada.

— Sim. Mas o que você tem a ver com isso, e o que você faz? — Eu perguntei e coloquei o vaso que parecia pesar uma tonelada no chão.

— Sou do SSB. Serviço Secreto Brasileiro.

— Eu nunca ouvi falar nisso de serviço secreto brasileiro. — Eu disse.

— Claro. Se todo mundo soubesse não seria secreto, não é mesmo?! — Disse ele soltando uma risada estranha.

— Bem, vamos direto ao assunto. Se você está aqui, é porque precisa de ajuda. E vai também me ajudar. Já sei de toda sua história. E estou atrás dessas pessoas há tempos. — Ele cruzou as mãos sobre a mesa e me olhou — Eu creio que você já sabe muito sobre o assunto, inclusive que o senador Gregório não é lá uma pessoa muito honesta, portanto, pouco republicano, digamos.

— Isso eu já percebi faz tempo. Mas como você pode me ajudar?

— Você é quem vai nos ajudar Monique. — Ele olhou em direção ao meu vaso, e eu me senti gelada por dentro.

O QUE ACONTECE LONGE DOS MEUS OLHOS 179

Celso se levantou da cadeira com tranquilidade, caminhou a passos curtos pela sala e parou diante da vista da imensa vidraça.

— Venha aqui Monique, eu quero que veja como é bela esta vista.

A princípio eu fiquei paralisada, olhei para atrás e o homem de bigode não estava lá, olhei para o vaso, e novamente para Celso. Enfim levantei e fui aonde ele estava. Me aproximei de Celso até ficar ao seu lado, olhei a vista pela imensa vidraça a minha frente, e pensei que seria muito difícil ver novamente algo tão extraordinário. O sol começava a dar indícios de que apareceria naquela manhã fresca. Me aproximei mais e vi os carros passando nas ruas, a cidade começando a se movimentar, pessoas andando, eram quase como ver uma maquete, ou brinquedos de criança, de tão alto que estávamos.

— É lindo não é mesmo Monique? — Disse Celso ensaiando um sorriso simpático que me fez lembrar meu pai.

— Sim. É fantástico. — Eu respondi sem tirar os olhos da vista.

— Existem muitos acontecimentos que nos faz parar no tempo, aprender, voltar, e seguir, mas poucas nos marcam como deve. — Ele me olhou novamente — Consegue ver aqueles morros ao fundo, a serra? — Celso falou com a voz tranquila enquanto apontava na direção do sol — Olhe o alcance dos nossos olhos, quando estamos no lugar certo, e nos permitimos enxergar tudo com clareza.

— Sim, estou vendo. — Eu suspirei, e senti o sol tocar a minha pele. Fechei os olhos sutilmente, até parecia um instante de sossego. Lembrei-me do bilhete de Gustavo.

"Não confie em ninguém", e relaxei os meus órgãos como quem está cansada de se debater. O meu maior desejo naquele momento era desaparecer por alguns meses e me esconder de física quântica e de qualquer problema que me fizesse correr por mais de 10 segundos. Estava exausta.

— Você é jovem. — Ele sorriu — Pouquíssimos tem a chance e a coragem que você teve. Tenho certeza de que seu pai se orgulharia de você. Tenho certeza de que durante a sua vida você ainda vai presenciar vistas muito mais belas do que essa.

— Eu sorri sem saber muito bem o que fazer.

— Monique, eu sou um agente como já te disse. Faço parte de uma formação extra Federal com oficiais treinados e estrategicamente escolhidos. Respondemos ao país, e não ao governo. Somos apartidários. Nossos superiores são apenas o Presidente da República e o Superior Tribunal. A organização ISB, Serviço de *Inteligência Secreta do Brasil* é altamente sigilosa, e somos responsáveis por resoluções de perigo ligados a ordem política, terrorismo ou atentados a paz mundial. Neste caso, acho que temos os três perigos em jogo. Trabalhamos em parceria com as mais importantes instituições do mundo, como o FBI e ONU. Não temos ligação direta com a polícia federal, mas podemos consultar todos os seus registros. E isso explica como sabemos tanto sobre você e o seu pai e sobre essa história toda. — Ele finalizou.

— Se isso é verdade... — Eu tentei dizer quando fui interrompida.

— Respondendo as suas perguntas. Estamos há algum tempo investigando o seu pai e os outros cientistas, o seu professor Ricardo e o senador Gregório. Sabemos tudo sobre a fórmula da imortalidade.

— E o que eu posso fazer? Entregar todas as fórmulas tudo o que sei? — Eu cruzei os braços.

— Poderia ser isso, mas não é. Você precisará voltar ao laboratório. Você tem uma reunião hoje. E levará o material base, que julgo estar neste vaso. Estou certo?

— Sim. E você quer mesmo que eu vá para a cova com os leões?

— Eu preciso de provas Monique. E preciso de todo o material que está lá, se não fizermos o flagrante, não terei como prender ninguém, e muito menos como dar a esta maldita fórmula o destino que ela merece... Seguir guardada por instituições confiáveis. Estamos trabalhando em parceria com o FBI e a Interpol neste caso. Então, Monique, você vai voltar lá, e fazer tudo que eu te pedir.

— Mas eu tenho medo, eles ameaçaram a minha família!

— A sua família já não corre mais perigo desde o momento em que você chegou aqui. A esta hora sua irmã e sua mãe já estão sob proteção, fora da cidade, em lugar seguro, que por enquanto, nem você saberá. Mas você precisa confiar em mim, e fazer o que eu disser.

— Mas ainda tenho medo do que pode acontecer comigo lá, ainda mais se desconfiarem de alguma coisa.

— Imagino que sim. Mas você estará protegida. Eu e meus homens estaremos por lá, na hora certa, e você ficará bem. Tem a minha palavra.

— Imagino. — Eu respondi sem esconder a ironia. E logo considerei que se ele também fosse um bandido me mataria, e a todos os outros e ficaria tudo livre de todos e com a fórmula pra ele.

— A sua preocupação é pertinente, mas...

— E como será a ação do seu grupo, o que eu precisarei fazer?

— Te darei algumas instruções básicas. Sobre as ações do meu grupo, não posso dizer nada. São secretas, lembra?

Celso parecia alguém realmente confiável. Mas eu tinha dúvidas. Pensei em sair dali e destruir qualquer vestígio do elemento base e da fórmula, mas eu passaria o resto da vida fugindo. E com certeza seria morta. Estava cansada de tudo isso. Queria que tivesse logo um fim, fosse ele qual fosse. Como se lesse minha mente, Celso interrompeu meus pensamentos:

— Quanto a pergunta: por que deveria confiar em mim? A resposta é simples: você não tem escolha.

Assim que abri a porta percebi que Salles estava no banheiro, suspirei aliviada. Aquilo era um bom sinal, era tudo o que eu precisava. Ele saiu de lá pronto. E não sei dizer se percebeu ou não minha saída. Fato é que não disse nada além de perguntar se eu estava pronta.

Chegamos ao laboratório as onze em ponto. Olhei bem o rosto de todos os homens que trabalhavam no laboratório curiosa tentava descobri se alguém ali poderia ser um investigador infiltrado da equipe de Celso. Mas ninguém me pareceu com cara de agente secreto. Entretanto isso também não poderia ser considerado, uma vez que o próprio Celso, pela aparência, poderia ser qualquer coisa, menos um agente secreto.

Logo a sala de reuniões foi aberta. Vi a mesma moça calada do outro dia, magra e discreta como sempre, dispunha os copos com água na mesa. Quem sabe ela não fosse a agente? Ninguém desconfiaria, eu acho.

O senador chegou e já foi entrando na sala:

— Então você cumpriu a sua palavra: voltou e pelo jeito ainda nos trouxe o elemento base?

— Sim. — Eu disse segura enquanto o encarava — De acordo com as pesquisas, esta planta é o elemento base que possibilitará a fórmula que meu pai desenvolveu.

— Mas foi o José Carlos que desenvolveu isso? — Perguntou Gregório — Que planta é esta, Teodoro?

— Não sei, senador. Eu ainda não consigo identificar. Não posso garantir se eles a criaram ou se fizeram alterações em alguma espécie já existente.

— Mas isso é fácil descobrir. — Disse Fred. — Podemos fazer os testes no laboratório.

Em poucos instantes estávamos todos no laboratório. Eu tremia ao pensar que os planos poderiam não dar certo, talvez eu devesse ter segurado mais a reunião em tempo da equipe de Celso chegar. No mesmo instante meu medo de que Celso não fosse realmente quem dizia ser me estremeceu ainda mais.

Fred examinou a planta e retirou dela um líquido com seringa e agulha. Eu já sabia todos os processos e é claro que ele logo perceberia a alteração genética. Estávamos a poucos passos de perder o controle de tudo. Assim que ele identificasse a planta e as alterações, seria bem fácil encontrar a fonte, ainda mais quando descobrissem que havia muitas espalhadas por Manaus, bem próximo ao laboratório Central, mais precisamente na aldeia dos índios por onde passei. Seria um estrago ainda maior.

Observei Fred analisando a planta e notei que todos os poderosos de sempre estavam no laboratório. Mas dessa vez tinha mais duas pessoas, dois senhores desconhecidos, que pela farda tinham alguma patente do exército. Poderia cair uma bomba naquele instante que eu nem me importaria em morrer!

— E então Fred? — Perguntou Gregório impaciente — Podemos avisar aos investidores?

— Este é o elemento base. Mas espere um pouco, vou colocar no acelerador de partículas, assim mesmo sem os outros processos, e aí já consigo confirmar se houve alteração genética na planta, ou se ela foi desenvolvida em laboratório já com as alterações.

— Espere! — Eu disse. — Faça o teste da matéria primeiro.

— O que é isso? — Perguntou o senador irritado — O que você quer dizer? — Ele me olhou com a sua natural expressão insuportável.

— Estou dizendo que se fizer o teste da matéria primeiro confirmaremos se é este o elemento base mesmo. — Fred me encarou com cara de poucos amigos — Se o Fred colocar direto no acelerador e este não for o material base, só vamos perder tempo. — Eu o encarei com seriedade — Este processo é muito demorado para se perder tanto tempo sem necessidade

— Mas você não tem certeza disso garota? — Perguntou o senador irritado — Foi você que apresentou isso como o material que estávamos procurando.

— Eu disse que provavelmente seria, mas não tenho certeza de nada. — Eu respondi convicta — Além disso, já esperamos tanto, e ninguém aqui está com pressa, vamos fazer as coisas com cautela para não correr riscos, inclusive, de danificar o material.

— O que você me diz, Fred? — Perguntou Gregório com voz ríspida.

— Também acho melhor realizar os testes. — Ele pegou o frasco com a amostra — Isso é rápido de resolver e realmente nos poupa tempo se não for. Se for, vamos para o acelerador já com certeza.

Fred colocou a amostra em uma máquina programada para reconhecer o elemento, com a fórmula gravada na memória. O teste demoraria pelo menos quinze minutos.

Sentia o meu coração intranquilo, lembrava a todo o momento dos riscos que eu corria. Parei pra pensar que estamos prontos para morrer somente quando a morte nos parece distante. Reparei quando Salles olhou para os seus comparsas e ajeitou a arma em sua cintura, todos os três pareciam atentos aos movimentos de todos ali dentro.

Eu olhava para o teto quando ouvi baterem na porta, e dei um sobressalto.

A porta se abriu e notei a moça magra com cara de espantada, a que servia café. Ela entrou na sala.

— O que houve, Cecilia? — Perguntou o senador.

— Ligaram neste telefone. — Ela disse segurando um celular. Tinha a voz insegura.

— Quem era, e o que queria? — Perguntou Gregório com toda a sua falta de educação.

— A pessoa está na linha ainda, disse que é urgente. — Ela entregou-lhe o telefone — Ele disse que tem algo muito valioso para o senhor.

— Alo! — Ele gritou — Que brincadeira é essa? — E ficou em silêncio.

— Está confirmado — Disse Fred ao olhar o visor da máquina — Este é mesmo a base.

Neste instante ouvi um barulho estridente vindo de algum lugar e uns estouros vindo do teto, parecido com bombas, em seguida alguns homens de preto desceram por cordas. Os homens do senador começaram a atirar, imediatamente me joguei embaixo da bancada. Não conseguia ver ou ouvir nada além de tiros e uma gritaria ensurdecedora, meus olhos buscavam as pessoas, vi o Senador e Ricardo correndo em direção à porta. Neste momento mais alguns seguranças do senador, que deviam estar do lado de fora entraram no laboratório e o tiroteio se intensificou. Meu coração parecia que ia saltar pela boca, o barulho era insuportável, as minhas pernas tremiam, mas eu queria correr.

Os tiros diminuíram e eu vi Leandro do outro lado do laboratório, ele estava na direção oposta a mim, embaixo de uma bancada, e parecia querer sair pela mesma porta que eu. Ele me olhou, mas era como se não me reconhecesse. De repente ele saiu do meu campo de visão, eu ouvi um barulho maior, talvez uma bomba. O tiroteio voltou a aumentar, um dos capangas do senador saiu da minha frente, e eu aproveitei, criei coragem e saí abaixada entre os tiros e gritos, em direção ao corredor que a minha visão alcançava. Corri sem parar até a porta pensando que se tivesse levado um tiro naquele momento, não tinha sentido nada. Assim que passei pela porta um tiro atingiu a parede ao meu lado, levantei e quando ia seguir pelo corredor em direção a saída, algo me impediu de prosseguir, bati o meu corpo em alguém.

— Aonde você vai? — Perguntou Salles, abaixado, com a arma em punho.

— Eu só quero sair daqui, Salles. Por favor, me ajude.

— Não tem como sair daqui agora. Aqui é uma fortaleza. Segurança máxima.

— Sai da minha frente!

Salles ficou parado por alguns segundos, olhou para traz, e me deixou passar. Eu o olhei como se o agradecesse e comecei a correr como uma alucinada. O corredor não era longo e no final tinha um elevador e uma porta, mesmo achando perigoso, abri a porta e vi uma escada, desci alguns degraus e logo ouvi um barulho de porta se abrindo no andar de baixo, não tive alternativa, subi até um lugar que parecia ser o último andar, abri a porta com cuidado e vi que não tinha ninguém no corredor.

Caminhei alguns passos e avistei duas portas, uma ao lado da outra. Teria que me esconder até aquilo tudo passar, eu só queria ficar segura. Em ambas as portas não havia nenhuma identificação, escolhi a da direita. Um corredor surgiu na minha frente, senti minhas mãos tremerem e as pernas congelarem, minha respiração ofegante não melhorou quando eu me vi numa sala com pouca iluminação. Olhei para os lados tentando enxergar o que tinha ali, uma luz que vinha de algum lugar iluminava minimamente o ambiente. Dei alguns passos e senti uma presença. A sensação de que alguém estava perto de mim me congelou até o ultimo fio de cabelo. Paralisada não me virei, e nem deu tempo pra isso, senti alguém me puxar pelo braço e me jogar no chão com muita força, bati as costas com força em algo no chão. Percebi a sombra vindo em minha direção, do chão, só consegui avistar um sapato preto. Ele me levantou do chão pelos cabelos e me jogou na parede.

— Desgraçada! — Ele gritou.

— Acabe logo com ela! — Eu ouvi a voz que parecia do senador.

Levei um soco na cara. Senti o gosto de sangue.

— Cale a boca, vadia! — Gritou o senador — Acaba logo com ela.

— Você tinha tudo pra estar numa boa Monique! — Disse o agressor que pela tontura e a dor não consegui identificar.

— Pare com isso! — Veio uma terceira voz — Vocês estão exagerando.

Senti o bico do sapato chutar minha canela. Me abaixei de dor. E olhei pra cima. Era Ricardo que me chutava as pernas.

— Eu disse que a gente não poderia confiar em você, sua vadia. Sua vagabunda traidora. — Gritou Ricardo.

Senti as suas mãos quentes em meu pescoço. O meu ar começou a faltar, eu tentava bater nele com as forças que me restavam, me debatia, queria viver. Busquei ar, mas não vinha. Ele apertou mais forte o meu pescoço, as minhas mãos perderam as forças... Ouvi um barulho, que não parecia perto. Tudo se apagou. Os sons, os cheiros de pó, o medo, a pouca luz. Não existiam mais os sentidos, eu não mais existia.

ABRI OS OLHOS COM DIFICULDADE, sem mexer a cabeça tentei identificar onde estava, o lugar era claro e parecia amplo, parecia um quarto de hotel ou coisa do tipo. Tentei movimentar meu corpo, mas senti que estava bem dolorido, cada órgão em mim doía. Fechei os olhos, imaginando que tudo não passara de um sonho e quis voltar a dormir, mas minha cabeça estava pesada.

Ouvi um barulho distante, uma porta se abrindo, abri os olhos devagar. Talvez após a morte fosse aquela a recepção que receberíamos. Senti uma presença no ambiente, fiquei com os olhos semiabertos, alguém se aproximou:

— Até que enfim você acordou. — Disse uma voz masculina familiar que ouvi ao longe — Eu pensei que você não acordaria mais.

Me assustei quando senti uma mão fria me tocar no braço, e o encolhi.

— Se acalme Monique. — Disse o homem e se aproximou para que eu visse o seu rosto — Está tudo bem, estamos chegando ao fim de tudo isso.

E não o reconheci. Senti o meu estomago esfriar, os meus batimentos aceleraram, tentei controlar a respiração.

— Onde estou? — Eu perguntei com dificuldade, mas aliviada por ouvir minha própria voz.

— Não se esforce tanto para falar. — Respondeu ele — Você está em um hospital, será bem cuidada aqui, e logo estará bem.

"Isso não parece tão fácil assim!" Eu pensei ao sentir todo o meu corpo dolorido.

— Enfermeira ela está com dor. — Disse o homem como se adivinhasse os meus pensamentos. E logo vi alguém se aproximar e colocar algo no meu soro, me lembro apenas disso, até que tudo se apagou novamente. Antes de mergulhar na escuridão concluí em minha consciência, "Eu estou certa de que morrer é assim, apagar a luz da alma e fim".

O sol que entrava pela janela batia em meus olhos quando acordei novamente. O corpo ainda doía. Mas já era algo suportável. Torci para ter alguém por perto, eu queria entender o que estava acontecendo comigo.

— Bom dia Monique! — Disse uma enfermeira que trocava o soro.

— Olá. — Eu respondi — Onde estou?

— Você está no hospital do exército.

Meus órgãos congelaram, e com certeza se eu pudesse ver a minha imagem estaria pálida como um papel! Era como se um buraco se abrisse sob meus pés, eu não conseguia me mexer, meus batimentos aceleram e um dos aparelhos começou a emitir um apito ritmado.

— O que houve? Se acalme por favor. Disse a enfermeira.

— O que está acontecendo Sabrina? — Perguntou um homem que entrou no quarto.

— Celso? — Eu perguntei surpresa.

— Oi Monique, como você está? Por que está agitada desse jeito? Calma! Está tudo bem!

— Ela me disse que estamos no hospital do exército. — Eu respondi com dificuldade enquanto tentava acalmar a minha voz ofegante.

— Nos deixe a sós, Sabrina. Eu quero conversar com a nossa paciente.

— Me diga o que está acontecendo, por que estamos no hospital do exército se eu estava este tempo todo em combate direto com eles!

— Você já está aqui há alguns dias. — Ele segurou em meu queixo — Você é forte garota. Depois de três dias em tratamento intensivo você acordou pela primeira vez, depois voltou a dormir. Foi sedada por mais dois dias. Hoje completa uma semana que você está aqui. E já está bem melhor. Você bateu a cabeça com muita força... — Ele hesitou — Mas agora está tudo bem.

— Nossa. — Eu suspirei. — Passaram-se tantos dias assim?

— São poucos, a julgar pelo estado que chegou aqui. Mas você ainda precisa descansar.

— Quero saber como vim parar aqui. Tudo o que aconteceu. — Eu disse com a voz fraca — Por que estamos no hospital do exército?

— Você precisa ser menos ansiosa Monique. — Ele me olhou contrariado e sentou numa cadeira ao lado da cama — O exército brasileiro não é formado por bandidos num todo, ao contrário, como todas as instituições, tem lá as suas laranjas podres, mas a grande maioria são servidores sérios, comprometidos com o país, com a população, com a segurança de todos. Agora fique calma e descanse.

— Você não pode confiar nos militares, Celso!

— Monique, eles não são todos corruptos, eu já disse. Eu sei que você tem muitas perguntas. — Disse Celso como se ouvisse o que eu pensava.

— Sim, é claro que eu tenho. Quero saber o que aconteceu comigo. Quero saber o que aconteceu com o senador. Com o Ricardo. Eles foram presos? E por que aquele ataque no laboratório? Quem eram aquelas pessoas? Você me disse que eu estaria protegida e quando dei por mim, estava no meio de um tiroteio, de uma verdadeira guerra.

— Não é bem assim. — Ele respondeu enquanto enchia um copo com água, e em seguida bebeu um gole — Monique não tínhamos outra forma de entrar lá. Mas todos estavam bem instruídos a te proteger, e no momento em que você saiu do laboratório os meus homens tinham você em constante vigia.

— Não entendi. — Eu saí em meio aos tiros! Depois fui agredida pelo Ricardo — Eu retruquei sem esconder a minha insatisfação — E ninguém apareceu lá pra me proteger.

— Se fizessem isso morreriam muito mais gente! E você estaria ainda em risco maior. Sem contar que foi tudo muito rápido, o aviso do nosso agente interno foi antes do esperado.

— E onde está o senador?

— Está preso. Assim como a maioria dos seus capangas. Alguns poucos conseguiram fugir, mas estamos perseguindo cada um deles. Desmontamos uma imensa quadrilha interna do exército. — Celso levantou e caminhou próximo da cama — Ele está sob a custódia do governo federal, mas duvido que fique preso por muito tempo. Sabe como são essas coisas. De qualquer forma, será cassado e terá todos os seus direitos políticos retirados.

— Não me diga isso! Por que não, depois de tudo o que ele fez? Este canalha matou o meu pai, e permitiu matarem o próprio filho, e quantos outros ele não matou. Ele não pode ficar impune.

— Eu entendo a sua indignação Monique. Mas as leis brasileiras são cheias de brechas para criminosos como ele, além disso o que ele fez de mais grave foi usar o seu poder político, ele dava as ordens, e geralmente aqueles que executam estas ordens é que serão condenados.

— E a fórmula, e todas as provas do *Imortality*. Isso não é o bastante para acabar com ele?

— Deveria ser, mas não é!

— Mas com tantas provas, e a fórmula, o laboratório... — Eu não entendo porque isso não é o suficiente. Na verdade, isso é o bastante para pena de morte!

— Todo o projeto do imortallity está registrado em um jogo de vídeogame, nada além do que está lá pode provar algo para as autoridades ou diante de algum júri. O que poderia provar, seria o líquido, a planta e os elementos gravados no jogo que tornam a fórmula legitima.

— Sim! — Eu me animei. — Então temos provas reais.

— Isto não é impossível. Mas não vamos fazer isso.

— Mas por quê?

— Porque é melhor manter a fórmula segura e em segredo. Se esta informação vazar, além de todos que já souberam dela, imagine o que poderia acontecer... Logo outros criminosos iriam querer roubá-la e começaria tudo de novo, já imaginou? Agora o que decidimos fazer é um trabalho para desacreditar a fórmula. Despistar possíveis interessados. Várias pesquisas são feitas o tempo todo nestes laboratórios, a maioria para o bem, e muitas contribuem em muitos setores, mas muitas descobertas precisam permanecer em segredo, por isso os laboratórios são secretos e de segurança máxima, pelo bem das pessoas, pela paz nacional e mundial. Mas Monique, agora eu é que preciso te contar uma coisa e te fazer uma pergunta.

— Diga.

— Por ordens superiores, eu e a minha equipe destruímos todo o material da *Imortallity*, desde o líquido, as fórmulas e a planta que estava lá, que vocês chamam de matéria base. Tudo foi queimado, inclusive os dados dos jogos e as cópias que encontramos por todo o laboratório. Com a autorização do Presidente da República, da ONU e do FBI iremos até o laboratório central de Manaus e recolheremos todo o material para destruir tudo. Será como se tudo isso nunca tivesse existido. Então, o que preciso saber é se você tem alguma amostra do material guardado com você? — Ele me olhou como se examinasse as minhas expressões — Eu digo, qualquer coisa que possa colocar a sua vida em risco, seja do líquido, ou se conhece a origem da planta. Eu preciso saber o que mais você sabe, Monique?

Lembrei-me da minha ida até a Universidade, e do lugar aonde havia escondido o pequeno frasco que separei no mesmo dia em que encontrei a fórmula. "Ninguém jamais encontrará", eu disse para mim mesma. Eu pude sentir em meu corpo o efeito do chá servido para mim no dia em que estive na tribo indígena, e como seria bom beber um pouco dele naquele momento. Eu sabia que aquele poder unido as transformações químicas e físicas poderiam gerar a maior maravilha ou destruição do universo, o *Imortality*.

— Bem... Tudo o que eu sei eu já te contei, Celso. Tudo o que meu pai deixou eu entreguei ao senador, como você sabe. Eu já sofri demais com tudo isso, não tem porque eu não dizer a verdade e ficar com uma bomba nas mãos.

Naquele momento senti que fazia o mais correto, afinal, eu também não conhecia o Celso, e nem quem trabalhava com ele. Não diria mais nada.

— É muito triste pensar que o senador logo poderá estar solto.

— Mas posso te afirmar que, neste momento, talvez o senador gostaria de ficar preso!

— Por que diz isso? — Eu sorri sem entender.

— O senador mexeu com pessoas muito poderosas, e talvez muito mais perigosas que ele mesmo, que investiram muito dinheiro neste projeto. — Celso riu, como quem se diverte com a desgraça alheia.

— Mas eles sabiam dos riscos.

— Sim. Mas ninguém quer ter a identidade exposta. Ninguém ia querer ter a imagem aliada a um político envolvido em ações ilegais. Sem contar a forma ilícita que este dinheiro foi adquirido ou enviado para cá. Isso envolve grandes comandantes e homens de confiança de outras nações, ou seja, o senador não está em bons lençóis. Entendeu agora?

— Ele é um monstro! Ele matou o Gustavo, o próprio filho.

— Concordo com você. Mas ainda não sabemos muito sobre esta parte da história. O próprio senador estava sendo traído, e haviam outras quadrilhas interessadas na fórmula. Também não sabemos muito das participações dos filhos dele e de que lado realmente estavam. Fato é que o seu amigo te salvou. E pelo que investigamos, quem o matou fazia parte de outra quadrilha, que também estava atrás da fórmula. Não era gente do senador.

— Como assim?

— O Gustavo foi capturado em Manaus. Disso você deve saber. Ao ser pego, o senador o forçou a te entregar, mas ele não fez isso. Na verdade, o senador queria que Gustavo descobrisse com você onde estava a fórmula, queria que ele a enganasse, e ele decidiu se afastar de você. Mas ao senador ele havia prometido que se juntaria a você para descobrir tudo, desde que você tivesse a vida preservada. Tudo isso eu fiquei sabendo porque durante as investigações, meus homens o capturaram para um interrogatório. Ele sabia de muita coisa sobre as intenções do senador, e era contra. Mas tudo ficou ainda pior quando os comparsas e investidores do senador souberam de tudo isso e começaram a ameaça-lo, como forma de pressionar o senador. No dia em que ele foi morto, o senador soube por alguém que ele estava encobrindo a sua fuga.

— E como você sabe de tudo isso?

— O Gustavo havia me procurado dias antes de morrer. Depois da nossa primeira conversa, ele passou a ser o nosso informante. Mas alguém deve ter descoberto isso, e o fez pensar que nós o traímos, então eu não pude ajudá-lo mais. — Celso admitiu com tristeza.

E quem o traiu? — Eu perguntei.

— Eu não sei.

— Agora entendo o *"Não confie em ninguém"*, eu disse pra mim mesma.

— Você precisa descansar. Logo estará livre, tudo será como deve ser.

Ajeitei o travesseiro, e percebi como a minha cabeça estava doendo, não me lembro dele ter ido embora ou de ter falado qualquer outra coisa, sem vontade de raciocinar mais sobre o assunto, me entreguei ao sono.

FINALMENTE EU SAIRIA DO HOSPITAL, estava de pé encostada na cama, e aguardava a autorização da enfermeira, da qual eu me tornei ouvinte de casos amorosos e flertes com soldados e outros oficiais de altas patentes.

O sol não tinha aparecido naquela manhã, e uma garoa fina e um frio agudo me aguardavam fora dos muros do hospital. Celso me garantiu que apareceria para a minha alta. Mas eu queria mesmo era ver minha mãe e tomar o seu café saboroso, abraçar minha irmã, e em seguida ir para a minha casa, para então dar um "reset" na minha vida.

— Está aqui, a sua liberdade. — Brincou Sabrina ao me entregar a alta hospitalar.

— Obrigada. É hora de seguir. — Eu sorri — Boa sorte a você Sabrina. E obrigada por todos os cuidados, e pela maquiagem, disfarçou bem essa "cara de hospital".

— Imagine. Você está ótima. Mas você não vai esperar pelo Celso?

— Vou esperar na portaria. — Eu olhei a minha volta — Já me cansei deste lugar. Mas não é nada pessoal. — Rimos.

Logo eu estava na porta da unidade hospitalar do quartel. Reparei o lugar a minha volta, e até onde os meus olhos alcançavam era uma área gigantesca, vi alguns canteiros, e alguns pontos que pareciam propícios a treinos de vários soldados. Andei rumo a portaria me guiando por algumas informações disponíveis, era como uma cidade com ruas e departamentos. Verifiquei pelo mapa fixado em uma parede o meu destino, que seria uma guarita que ocupava pelo menos três quarteirões enormes, segui até o local que encontraria Celso.

A garoa fina começou a cair pelos meus ombros, e o frio me incomodou. Notei pequenos grupos de militares fardados, ouvi vozes que ecoavam repetindo gritos de treinamento ao longe. Parei no que chamaria de cruzamento, e um carro passou por mim, eu atravessei assim que ele virou à esquerda, percebi que após passar por mim ele andou um pouco mais à frente e parou.

Olhei sutilmente para trás e vi o carro ainda parado, mas continuei a caminhar. Vi a guarita e notei um homem parado na porta, provavelmente era Celso.

— Monique! — Veio o grito atrás de mim.

Eu senti a minha alma congelar, minhas pernas estremeceram e eu pensei que fosse desmaiar, vi tudo escurecer e respirei fundo para não cair. Senti o meu estomago enjoar em uma velocidade incontrolável, paralisei e continuei de costas, não conseguia mover nenhum musculo para direção alguma.

— Olhe para mim! — Disse Ricardo com a voz áspera — Eu continuei imóvel. — Se você não olhar pra mim, terminarei o que tenho que fazer pelas costas mesmo!

Eu continuei paralisada, olhei a minha volta sem me mexer, sem virar para trás por alguns segundos até que fiz um esforço descomunal para me virar lentamente, os meus pés pesavam uma tonelada, e o medo já havia dominado por completo a minha lucidez.

Eu estava de frente com Ricardo, poucos metros de distância, ele me apontava uma arma. Tinha a roupa surrada e o cabelo desarrumado, bem diferente de como era nos tempos da faculdade e das suas aparições junto ao senador. Eu continuei calada, como se não entendesse o que estava acontecendo. Ele se aproximou de mim. Engatilhou a arma e apontou para o meu rosto com a distância um pouco maior do que a do seu braço esticado.

Fechei os olhos, e ouvi o tiro. Coloquei as duas mãos sobre o meu peito, como se sentisse o meu próprio sangue, esfreguei as mãos em minha roupa e em seguida abri os olhos. Eu continuava de pé, e minhas roupas estavam limpas. Na minha frente, Ricardo estava caído no chão com as costas completamente ensanguentada. Algumas pessoas se aproximaram, e começaram a fazer perguntas. Minhas pernas tremiam. Presenciar uma morte não era fácil, mas quase morrer era bem pior.

Sentei por algum tempo, não ouvia o barulho da multidão. Quando me recuperei do susto, olhei a minha volta tentando identificar de onde viera o tiro que atingiu Ricardo. Assim que saí da pequena multidão avistei o homem de azul que tinha visto minutos antes, ele segurava uma arma, e não estava distante, eu logo o reconheci.

— Está surpresa Monique? — Disse Fred ao ajeitar a arma na cintura e em seguida colocar a mão em meu ombro de modo cuidadoso.

— Surpresa? — Eu olhei para os lados — Estou extasiada! — O que você faz aqui? — Eu perguntei sem esconder o quanto estava pasma com o que havia acontecido.

Fred sorriu de um modo como eu jamais pensei ser possível. Começamos a caminhar em direção a guarita.

— Bem, a esta altura já percebeu quem era o agente de Celso no laboratório, né?! Bom, preciso levar esta arma para análise. Mas está tudo bem, o quartel tem muitas câmeras e muitas delas devem ter gravado o que aconteceu aqui, e o perigo que você correu. Espero que esta tenha sido sua última cena de emoção nesta história toda. Estávamos preocupados com Ricardo foragido e com o que ele poderia tramar. Agora acabou. — Disse Fred. E me olhou dos pés à cabeça — Você está bem?

— Acho que agora estou. — Eu respondi com a voz embargada — Então você era o agente! Isso explica muitas coisas do laboratório! Inclusive a sua falta de habilidade. — Sorri.

Em seguida sentamos em um banco na parte externa da guarita, enquanto eu observava a aglomeração de pessoas em volta do corpo imundo de Ricardo. Celso acabara de chegar e entrou na guarita para falar com alguém.

— Eu tive alguns cursos rápidos e orientações de cientistas, estive todo tempo com consultores me acompanhando durante o período de investigação, isso durou mais de um ano, já até me considero quase um físico de verdade. — Fred sorriu. — Mas é claro que alguém experiente poderia perceber. Era um risco. Missões especiais são sempre um risco.

— Imagino.

— Nós sabíamos que Ricardo viria atrás de você. Ele ficou furioso desde a morte de Leandro.

— Meu Deus! — O Leandro está morto?

— Sim, ele morreu no dia do ataque ao laboratório. Quando fomos até você. O seu segurança...

— O Salles? — Eu o interrompi — O que tem ele?

— Este mesmo. Ele entregou você para o Ricardo, ele te deixou passar pela porta do corredor e depois disse exatamente onde você estaria pelo rádio — Fred olhou para o chão.

– E como vocês me encontraram?

— Nós também temos os nossos meios. — Ele riu — E me mostrou a carteirinha de cientista e o cartão de acesso ao laboratório.

— Claro! Pra eles você também era um deles, e também recebeu a informação.

— Exato. Assim que invadimos aquela sala, vimos você sendo espancada. Estávamos em dois naquele momento, meu colega deteve o senador e eu ia atirar no Ricardo que não parava de te chutar, mesmo com você desmaiada. Quando apontei a arma, Leandro se jogou na frente. Levou o tiro e Ricardo aproveitou para fugir. O curioso é que durante as investigações, descobrimos que Ricardo e Leandro tinham um caso antigo. Eram um casal. Claro, o senador não sabia disso. E Ricardo tinha, além de todos os motivos pela fórmula e as pesquisas, um outro motivo para lhe ter tanta raiva. Ele soubera que, em algum momento... É desculpe, Monique... Mas... Em algum momento no meio desta história toda, você e Leandro tiveram alguma coisa... Ricardo era possessivo, sofria com o ciúmes pelo Leandro. Houveram muitas brigas entre eles, por conta de todo o plano deles, desde o namoro do Ricardo com você... Quando o senador soube que você e Ricardo não tinham mais nada, o senador queria que Leandro a seduzisse, ele achava que seria ainda melhor ter Leandro com você do que o Ricardo.

Naquele momento me senti ainda mais usada. A raiva me consumiu por completo. Fred levantou-se e pôs a mão em meu ombro.

— Mas vamos esquecer isso tudo. Agora está bem. E nada disso mais importa.

— Difícil esquecer tudo isso. — Eu disse como se falasse comigo mesma.

Peguei de bom grado a água oferecida por Fred. Ele me abraçou e passou a mão pelos meus cabelos. Parecia querer cuidar de mim, como um pai faria. Continuei sentada no banco e vi quando Celso se aproximou. Fred foi ao seu encontro e ambos se cumprimentaram. Ficaram por ali conversando enquanto eu pensava no que fazer dali por diante. Primeiro visitaria minha mãe e minha irmã. Passaria uns dias com elas. Depois, decidir o que fazer. O importante é que eu estava viva, e queria fazer coisas que me fizessem, de algum modo, sentir e aproveitar a minha própria vida.

Este livro foi composto em Sabon LT Std
e impresso em papel pólen bold 90 g/m²,
em fevereiro de 2023.